JN114723

「できました！　病を癒やす
柔らかタコの優しいリゾット、
ふんわりタコの柔らか煮です！」

メルル
正体不明の
もふもふな動物。
シエル・
ヴァーミリオン
セントワイス宮廷魔導師団の
筆頭魔導師。
リディアの初めての友だち。
ロクサス・ジラール
ジラール公爵家の令息。
双子の兄を救ってほしいと
リディアに頼む。
リディア・レスト
婚約破棄されたことをきっかけに
大衆食堂ロベリアを開いた元令嬢。
手料理に不思議な力が
宿っているようで――？
シャノン
大衆食堂ロベリアの常連客。
リディアに懐いている。
Characters

マーガレット
性別不明の美人。
占いが得意。
ツクヨミ
和国の商人。
友だちはくじらとタコと
マーガレット。
ルシアン・
キルクケード
聖騎士団レオンズロアの団長で
大衆食堂ロベリアの常連客。

「あなたには、力がある。
皆を救う力が」
私の指先が水に触れた瞬間――
透明だった水が虹色に輝き出した。
――虹色に輝く魔力。
それは女神アレクサンドリアの加護。

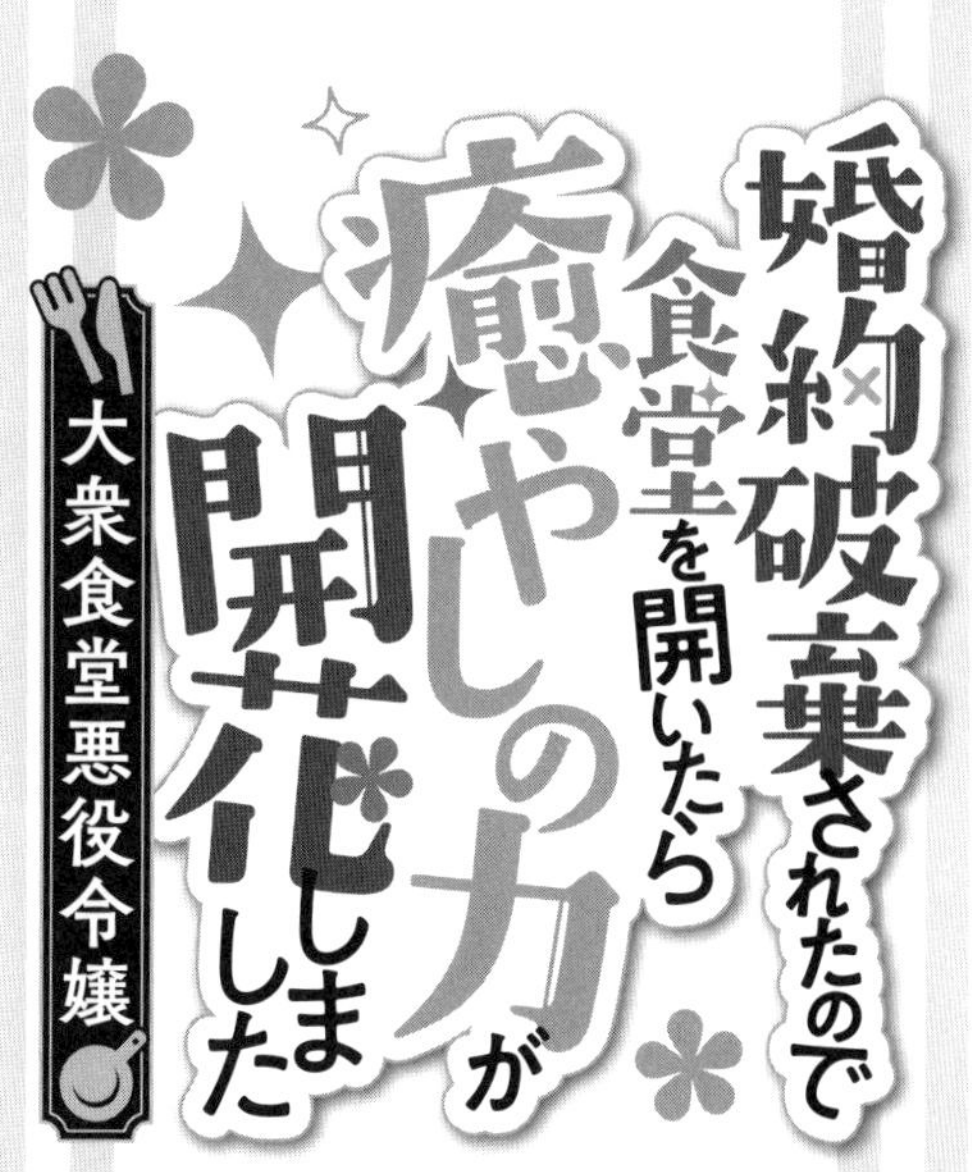

東原ミヤコ

illust.
ののまろ

Contents

序章

お鍋のお湯がぽこぽこと気泡を浮かび上がらせては消えていく。

パスタがお鍋の中で、ぐつぐつ茹(ゆ)でられている。私はパスタを一本菜箸ですくって、軽く水ですすいで口に入れた。氷で締めると少し硬くなるから、茹で時間はいつもより長め。パスタも少し、柔らかめだ。

パスタをザルにあげて、水と氷のボウルの中にザルを沈めて冷やしておく。

その間にオリーブオイルと塩コショウ、レモンの果汁をボウルの中でよく混ぜる。

そこに半分に切ったミニトマトを入れて、オリーブオイルとよく絡める。鮮やかな赤い色のミニトマトがオリーブオイルと交わって、艶々と宝石みたいに輝いた。

水を切ったまんまる羊のモッツアレラチーズを一口大に四角く切って、ボウルの中に入れて優しく混ぜる。それからバジルの葉も入れて、そっと混ぜる。

赤と白と緑色がボウルの中で混ざり合って、とても綺麗(きれい)。なんとなくだけれど、夏が来たなって感じがする。

「毎日暑いわね、リディアちゃん」

カウンター席に座って冷たい紅茶を飲んでいる、お肉屋さん兼このお店の大家さんのマーガレットさんが、ぱたぱたとレースの扇で顔を扇ぎながら言った。

「この夏、全身黒ずくめのリディアちゃんを見るたび、服装の重苦しさに体感温度が倍増するのかしらねって心配していたんだけど、今日のお洋服も可愛いわね。うん、いいわね、白。よく似合うわよ」

できあがった冷たいトマトソースの中に、茹でた後に氷でよく冷やしてぎゅっと絞った細いパスタを入れる。トングで優しく混ぜながら、私はお洋服を褒められたので「ありがとうございます」と言ってにっこりした。

ベルナール王国の王太子殿下であるステファン様から、腹違いの妹フランソワを虐めたという冤罪で婚約破棄された私は、実家のレスト神官家から逃げ出して、聖都アスカリットのやや治安のよくない下層地区アルスバニアの片隅で『大衆食堂ロベリア』を開いた。

冬の終わり、春の始まりの頃だ。

動物も虫たちも植物も、それからお野菜も元気になる春をめそめそ泣きながら、それからステファン様やステファン様を虜にしたフランソワや、お母様というものがありながら浮気をしたお父様に対する腹立たしさと恨みつらみを、ぐちぐち吐き出しながら過ごした。

つい先日までの私は、真っ暗な心と同じぐらい、服装も黒ばかりだった。

黒い服に黒いエプロン。黒い髪に、黒ばかり。瞳も紫色だから、全体的に暗い色合いの、薄暗い女だった私。

それが——夏の始まりのある日。

王家直属の魔導師団セイントワイスの筆頭魔導師シエル様と出会って、シエル様とそれから死の呪いに冒されていたセイントワイスの魔導師さんたちを、私のお料理で救った。

私は自分には魔力がないものと思っていたけれど、どうやら私の作る料理には、『呪いを癒やす力』があるらしい。

それから常連客の少年シャノンが森の中で倒れていた謎の動物メルルを連れてきて、私の不思議な力のこもった料理でメルルを助けて欲しいと頼んできた。

自分の料理に不思議な力があるなんて信じられなくて自信のなかった私だけれど、シャノンが一生懸命頼んでくれたおかげで勇気を出して、お料理でメルルを助けることもできた。私のご飯を食べたメルルはすぐに元気になった。どうやら私の料理には『動物を癒やす力』もあるらしい。

メルルは今は小さな狐(きつね)や猫やうさぎに似ているふわふわの体を丸めて、窓際のクッションの上で眠っている。メルルはご飯以外の時間は大体寝ている。メルルが気持ちよく寝てくれるように、窓際にある棚の上にふかふかのクッションを置いてあげた。夏の日差しは強いけれど、開いた窓からは涼しい風が入ってくる。

——そんなこともあって、私は少し元気になった。

少し前の私は口を開けば「男は嫌いです」「男なんて滅びたらいい」とか言っていたけれど、今はそんなふうには思わない。

「白いブラウスに、レモングリーンのエプロンが爽やかでいいじゃない。髪飾りも買ったのね。とてもいいわね」

カウンターに頬杖をついて、マーガレットさんがにっこり微笑む。

「エプロンは、シエル様からいただいたのです。髪飾りは、ルシアンさんから……」

「あらあら。男が嫌いって言っていたリディアちゃんが、シエルとルシアンからの贈り物を身につけるようになったのね」

マーガレットさんが意味ありげな笑みを浮かべて言った。

私はボウルの中で冷たいトマトソースと絡めたパスタをお皿に盛った。

トングで摑んでお皿にパスタを乗せると、綺麗にまとまるようにくるっと回す。

それから、ボウルに残っているトマトやバジル、まんまる羊のモッツアレラチーズを、パスタの上にごろごろ飾り付ける。

「二人から、愛の告白はされなかった？」

「されません、そういうのじゃないです。シエル様は、私を誘拐したお詫びでエプロンをくださって、ルシアンさんの髪飾りは、魔物討伐の遠征のお土産です」

確かに私はシエル様から貰ったエプロンと、王家直属の騎士団である聖騎士団レオンズロアの騎士団長ルシアンさんがお土産でくれた髪飾りをつけている。せっかく貰ったし、エプロンも髪飾りも可愛いので。

お皿に盛ったオリーブオイルのソースを全体に纏ったパスタや、半分に切ったミニトマト、一口大のまん丸羊のモッツアレラチーズが宝石箱みたいに艶やかに輝いている。

仕上げにペッパーミルで、ガリガリコショウを挽いて、粗挽きの黒コショウをふりかけた。

「マーガレットさん、できました！　まんまる羊のモッツアレラチーズとごろごろミニトマトの冷製パスタです」

私はマーガレットさんの前に、パスタのお皿をことりと置いた。

「ま、美味しそう！　ありがとう、リディアちゃん。綺麗な色ね。夏の暑さも疲れも吹き飛びそうだわ」

「えへへ……ありがとうございます。マーガレットさん、夏が苦手みたいだから、冷たいパスタにしてみました。氷でよく冷やしたので、食べやすいかなって思います」

「暑いのは苦手よ。ツクヨミなんかは、和国の暑さはこんなもんじゃない、ベルナールは過ごしやすいってよく言ってるけどね」

ツクヨミさんは、海の向こうの和国から来ている商人さんで、マーガレットさんのお友達だ。

「和国は暑いのですね」

「そうらしいわね。これ以上暑い夏とか耐えられないわ。溶けちゃうわよ、体が。絶対に行きたくないわね」

「海を越えて、旅行かぁ……」

私はお料理に使用したお鍋や包丁を洗いながら、呟いた。

この国を出たこともなければ、聖都から外に出たこともない。遠くに行くなんて、考えたこともなかった。

「リディアちゃんは行きたい？」

パスタをフォークにくるくる巻きながら、マーガレットさんが言う。

「珍しい食材とか、知らないお料理には興味がありますね」

「あたしは、恋人ができたら一緒に旅行とかどうかしら、っていう質問のつもりだったんだけど」

「恋人……」

「そうそう。女の子に身につける物を贈るのは、君を俺の色に染めたい……っていう、独占欲の表れよ？」

冗談めかしてそう言いながら、フォークに巻きつけたパスタを、マーガレットさんはぱくりと口に入れた。マーガレットさんは美人だけど、男性か女性かがよくわからない。ただ今の、「君を俺の色に染めたい」は、男前だった。

「美味しいわ、リディアちゃん！　冷たくて、レモンの香りが爽やかね。トマトの酸っぱさと甘さに、コショウのピリッとした辛さがいいアクセントになってるわよ。食欲、あんまりなかったんだけど、これならいくらでも食べられるわ」

マーガレットさんが喜んでくれたので、冷製パスタを新しいメニューに加えよう。やっぱり夏は冷たいものが食べたくなるものね。

美味しいご飯を食べてお客様が幸せそうに笑ってくれるのを見るのが、私は好き。

夏の日差しのせいで少しぐったりしていて元気がなさそうだったマーガレットさんが、ご飯を食べて元気になってくれたら嬉しい。

私の料理には呪いをといたり、動物を癒やす不思議な力があるみたいだけれど――そんな力がなくても、ここでお料理をしているだけで十分幸せだと思う。

私は綺麗な所作で冷製パスタを食べてくれるマーガレットさんを、にこにこしながら眺めた。私の視線に気づいたのか、マーガレットさんは顔をあげると首を傾げる。

「そういえば料理名に、恨みとか怨念とか、憎しみとかがつかなくなったわね、リディアちゃん」

「はい！　このお料理は、冷たいトマトとチーズの宝箱パスタにしようかなって思います」

以前の私なら、『浮気男血祭り棺桶パスタ』とかにしていたわよね。元気になった今考えると、かなりどうかと思うわね。その名前の料理を食べたいと思う人なんて、あんまりいないのではないかしら。

「いいじゃない、可愛いわ！　リディアちゃんがすっかり立ち直ってくれて、嬉しい。立ち直ったところで、次は恋よ。夏と言えば、海、恋愛！　夕日の落ちる浜辺で手を繋いで歩いて、ふとした瞬間見つめ合う恋人たち。そして二人は……あぁ、最高じゃない。リディアちゃん。シエルとルシアン、どっちが好きなの？」

「シエル様はお友達ですし、ルシアンさんは、ただの常連のお客様です……！」

私は洗い物を終えて拭き終わった手を、ぶんぶん振った。二人とも優しくしてくれるけれど、恋愛感情があるわけじゃない。

そういえばシエル様は、元々王宮のセイントワイスの宿舎に住んでいたそうだけれど、色々あって王都に引っ越すと言っていたわね。

ここしばらく顔を見ていない。お仕事も忙しいだろうし、引っ越しも忙しいわよね、きっと。新しいお家はどこにあるのだろう。ちゃんとご飯を食べているかしら。心配。

マーガレットさんは「そうなの、残念」と溜息をつくと「冷たいパスタのお陰で涼しくなったわ」と、話題を変えるように言ってにっこり笑った。

パスタのお皿に残ったソースまで、付け合わせで出したスライスした硬めのバゲットに染みこませて食べてくれる。

「涼しくなったついでに、最近街で流行っている噂を教えてあげましょうか？」

「噂ですか？」

「ええ。リディアちゃん、噂とか疎いだろうし、知らないんじゃないかしら」

「ええと、はい。噂って、何でしょう」

私のお店にくるのは、朝は聖なる騎士団レオンズロアの皆さんとルシアンさん。祝日のお昼は、平日は孤児院できちんとお勉強やお手伝いなどのお仕事をして外出の許可を取ったシャノン、それから時々セイントワイスの副官のリーヴィスさんとセイントワイスの魔導師さんたち。そして、『料理に不思議な力がある』と聞きつけてやってくる冒険者の方々や傭兵(ようへい)の方々などである。

最近は少し、子供連れのお母さんたちも増えた。シエル様と一緒に作って新しくメニューに加えた『シエル様のまるまる猫ちゃんハンバーグ』のお陰だ。

少し子供連れのお母さんたちが増えたといっても、ほとんど男性客ばかり。男性のお客さんたちは噂話をあまりしない。

どこに魔物が出たとか、どの魔物討伐の報酬がいいとか。お仕事の話が多いし、私もあんまり聞いていない。

「――幽霊屋敷から、物音がするらしいのよ」

綺麗にパスタを食べ終わり、小さく千切ってパスタのソースを染みこませたパンを口の中に放り込んで飲み込んだあとに、マーガレットさんはいつもよりも少し低い声で言った。

「ゆ、幽霊屋敷ですか……？」

幽霊屋敷って、あれよね。

私のお店、大衆食堂ロベリアからすぐ近く、市場に抜ける道にある、あの家。

今は誰も住んでいない大きくて立派なお屋敷で、高い塀に囲まれているお屋敷のお庭は背の高い雑草が生い茂っていて、家の壁には蔦(つた)がこれでもかというぐらいに纏わり付いている。

お店の近くでよく遊んでいる子供たちはあのお屋敷のことを『幽霊屋敷』と呼んでいる。

実を言えば私は、アルスバニアで暮らすようになるまでお化けというものを知らなかった。近所の子供たちに「悪のお姉さんは何も知らないんだなぁ」「大衆食堂悪役令嬢のお姉さんなんだから、お化けなんて怖くないよね」などと言われながら教えて貰ったのである。

ちなみに私が悪のお姉さんとか、大衆食堂悪役令嬢のお姉さんとか言われているのは、フランソワが私を「私を虐めたリディアお姉様は、まるで悪役そのもの。性格の悪い、酷(ひど)いお姉様です。でも許してさしあげて」と、色んな人に言っているかららしい。婚約破棄された私の噂は、街の人々にまで広がってしまっている。

それはともかくとして——お化けとは、亡くなった人の怨念とか悲しみとか、憎しみとかが亡くなった場所に残って、形作られるものだという。

レスト神官家が神官長を務めている国教の教えでは、人は亡くなったら白き月ブランシュリュヌにのぼると言われている。そこは女神アレクサンドリア様や神祖テオバルト様がいらっしゃる楽園であり、全ての苦しみから解放される場所だ。

だから死は救済である。人は白き月に魂となりのぼるために、生きている。正しく清く生きるのは魂となったときに女神様に受け入れて貰うためなのだと。

つまり、お化けとは、女神様に拒絶された行き場のない魂のなれの果て。

行き場のない魂は人を恨み憎み、「うらめしい、うらめしい」と言って、出会った人を呪い苦しめるのだという。

「幽霊屋敷にね、出るのよ。お化けが」

「ひ……っ」

「誰もいない筈なのに、物音がする。真夜中に、薄ぼんやりと灯りがついていた。黒い人影が窓辺を横切った、とか。結構噂になっているわよ」

私は自分の腕を抱きしめるようにしながら、びくりと震えた。

「あそこは昔、金持ちの商人の家だったらしいわよ。でも、事業に失敗して借金苦で自殺したあとはずっと空き家なんですって。つまり、金に困って死ぬしかなかった商人の霊が出るのよ。金が欲しい～金を寄越せ～！って、あの屋敷に足を踏み入れた者を呪い殺すためにね……！」

「ひぇぇ……」

青ざめた顔をしたおじさんのお化けが、真っ青な手を私に伸ばしながら「金を寄越せ～」と言っている気がする。嫌なことを考えてしまった。だって――。

「市場にお買い物に行くときに、幽霊屋敷の前を絶対通らなきゃいけないのに……っ、なんてことを言うんですか、マーガレットさん……っ」

お買い物にはだいたい毎日行かなきゃいけないのに、ただでさえ幽霊屋敷の前を通るのは怖かったのに。知りたくなかった。

「夏といえば怖い話よね～」

「夏といえば恋愛って言いました、さっき……」

「怖い話を聞くと、背中がぞくぞくするでしょ？　だから恋愛もいいけど、怖い話も風物詩ってやつよね」

「あっ、今のお話、もしかして私を怖がらせるための作り話ですか？」

マーガレットさんは紅茶を飲み干すと、立ち上がって食器をカウンター越しに渡してくれる。私は食器を受け取って、シンクの水桶につけた。

「作り話じゃないわよ。噂になってるのは本当よ？　夜な夜な物音がするし、妙な光がちかちかして、人影が窓を横切る——って」

「ひぅ……っ」

「まぁ、噂だけどね。リディアちゃん、ごちそうさま。お金はここに置いていくわね。リディアちゃんのご飯を食べて元気になったわ、ありがとう」

マーガレットさんはお金をカウンター席の横にある支払用のトレイに入れた。「おつりは要らないわ、それじゃね」と言って、ひらひら手を振るとお店から出て行った。

一人お店に残された私は、しばらく呆然としていた。

外の日差しを避けられるお店の中は、少し涼しいぐらいだったのに。なんだか肌寒いし、お店の隅に何かの気配がする気がする。

私は洗いものをざばざばと終わらせて手を拭くと、窓際のメルルの元へいそいそと向かった。

「うう……怖い……一人だったら、お風呂に入れなくなっていたところでした……」

ふわふわの毛並みが顔や手に触れて、そのあたたかさに安堵する。

メルルがいてよかった。一人じゃないって、とても心強いわね。

「メルル、お化けなんていないないですよね、怖くない、怖くない」

メルルをぎゅうぎゅう抱きしめながら、私は自分に言い聞かせる。

ぎゅうぎゅう抱きしめられても嫌な顔をしたりしないで、メルルはいつもどおり、クウクウ小さな寝息を立てて眠っていた。

窓際で眠っていたからだろうか、メルルのふわふわの体からは、お日様のいい匂いがした。

「はー……ふわふわ。癒やされます」

メルルを抱きしめて少し落ち着いた私は、気持ちを切り替えて、お出かけの準備を整えた。

肩掛けの鞄にお財布を入れて、お買い物用の布袋も一緒に入れる。ついでにメルルも入れると、鞄はぱんぱんに膨らんだ。

戸締まりの確認をして外に出る。お店の扉に鍵をかけて、扉にかかっているプレートをクローズが表になるようにひっくり返した。

「お買い物ですよ、メルル」

お店から一歩外に出ると、昼下がりの日差しが眩しい。

真っ青な空にもくもくとした、わたあめみたいな真っ白い雲が浮かんでいる。

路地に並んでいる家の前にはプランターにポーチュラカの花が植えられていて、水やりをしたのだろう、小さな可愛いピンク色や橙色の花や小さな葉が水滴で濡れている。

「メルル、お外ですよ」

私の肩掛け鞄から顔を出しているメルルのふさふさの毛の生えた耳を軽くつついたけれど、ぴくぴく耳が動いただけで起きる気配がない。すぴすぴと穏やかな顔で眠っている。

鞄はいっぱいだけれど、メルルは小さくて軽い。鞄に入れていることを忘れそうになるぐらいには軽いので、落としたり盗まれたりしないように気をつけないと。

市場までの道にある、蔦に覆われた幽霊屋敷の前をあんまり見ないようにしながら足早に通り過ぎた。相変わらず不気味だけれど、特に何も起こらなかった。

「やっぱりお化けなんていないのよ。マーガレットさんは作り話で私をからかっただけよね」

幽霊屋敷を通り過ぎたことにほっとしながらそう自分に言い聞かせて、市場に向かう。

市場のお店に並んでいる夏の果物や野菜は色鮮やかで、見ているだけで元気になれる。

屋台では糖蜜やフルーツのかき氷や、ジェラート。油で揚げたお魚を挟んでタルタルソースをかけたフィッシュバーガーや焼きとうもろこし。一年中美味しい唐揚げや、ベルナール牛の串焼きが売られて、いい匂いが漂ってきている。

歩いてきたので少し疲れた私は、ジュース屋さんでベリーがたっぷり入ったベリージュースを買って、市場の片隅にあるベンチで一休みしながらジュースを飲んだ。サービスでまんまる羊の形をしたドーナツをくれたので、メルルにも分けてあげることにした。

メルルは鞄に入ったまま、私が千切って口元に差し出したまん丸ドーナツを、もくもくと口を動かして食べた。「鞄から出てきて食べてください」と言ったけれど、出てこなかった。半分寝ている顔をしている。寝ながらご飯を食べるなんて、器用だ。

市場は海辺にあるので、休憩用のベンチからは目が覚めるほどに綺麗な青い海が見える。白い砂浜では、おばさまたちや子供たちが、アサリをとったり、貝を拾ったり、ウニを採ったりしている姿がある。

（海、遊んだことないな……水着も、着たことがないわね）

海で遊んでいる人たちもいる。肌の露出が目に眩しい水着を着ている。あんなに大胆な格好をしていいのかしら、というぐらいに肌が出ている。でも、楽しそう。

「私も、海で泳いでみたいです。メルルはどうですか？」

「……きゅ」

メルルを撫でながら呟くと、メルルは眠そうな目をぱちぱちしたあと、鞄の中に引っ込んだ。お腹がいっぱいになったので、本格的に寝ようとしている。せっかくのお散歩なのに。

でも、海風が心地よくて、ベンチの傍には背の高い木がはえているから日陰になっていて、すごく気持ちいい。私もお昼寝をしたくなってしまう。

メルルにつられて眠たくなる前に立ち上がると、果物屋さんに向かった。輪切りにして蜂蜜漬けを作るつもりなので、レモンをいくつか買った。

蜂蜜漬けのレモンに氷とお水、蜂蜜シロップを入れると、レモネードができる。本当はレモンだけ買うつもりだったのだけれど、美味しそうだったのでスイカも買った。それから他の果物もいくつか。

果物屋さんのお姉さんは「重たいわよ、リディアちゃん」と心配しながら、袋に果物をつめてくれた。

確かにそんな気はしていたのだけれど、スイカはやっぱり重かった。

私は力持ちだけれど、重いものは重い。鞄の中に入れていると手荷物とぶつかってしまいそうだったので、メルルは肩に乗せた。私の肩——というか首に巻き付くようにしてすやすや眠っているメルルが、突然大きくなって荷物と私を背中に乗せてくれないかしら、なんて思いながら、よたよたと帰り道を歩く。

スイカの中身をくり抜いて、シロップと氷と果物を沢山入れて、それから小さく丸くくり抜いたスイカの果実も入れて、果物いっぱいスイカプールを作りたい。スイカの中にたくさんの果物が入っているのは可愛いのではないかしら。サメの口みたいに切り口をぎざぎざにしたら可愛いのではないかしら。でも、サメは可愛い生き物のうちに入るだろうか。猫ちゃんハンバーグは可愛いけど。

なんてことを考えつつ、荷物の重たさに若干ふらつきながら歩いていると、いつの間にか晴れ渡っていた空には夕闇が忍び寄ってきていて、通りを歩く人たちの姿も減っていた。

もうすぐ日が暮れる時間帯。昼の明るさが夜の暗闇に覆われて、黒い夜空に赤い月ルブルムリュンヌと、白い月ブランシュリュンヌが輝きはじめる少し前。

空が青から群青色に、紫色から赤に、そして黒に変わっていく。

市場の活気が嘘のように、ロベリアの近くまで来ると辺りは薄暗く、そして人の気配さえしなくなっていた。

気づけば私は、幽霊屋敷の前にさしかかっていた。

薄暗い景色に浮かび上がる幽霊屋敷は、立派な門と、草ぼうぼうのお庭、これでもかというぐらいに蔦の巻き付いた大きなお屋敷がその奥にそびえ立っている。

明るい日差しの下で見る幽霊屋敷も怖いけれど、昼と夜の境目のこの時間、暗がりに建っているお屋敷はよりいっそう怖い。

風にさわさわと揺れる蔦の手のひらの形に似た葉も、カーテンの掛かった窓も、鉄製の立派な門も大きな扉も——ただの建物なのに、おそろしい。

今すぐにでも扉が開いて、青白い顔をした商人さんのお化けが出てきて、私に襲いかかってきそうな気がする。

——ふと、窓辺を黒い影が横切ったような気がした。

（き、気のせいよね……怖いと思うから、怖いものが見える気がするのだわ。早く帰ろう……！）

そうは思えど、かたかたと体が震えてしまう。足がすくんで動かない。

今、お化けがいなかっただろうか。

幽霊屋敷の前で動けなくなっている私の目の前で、ぎぎ、と小さく音を立てながら、玄関の扉が開いていく。

「ひっ、ぅ、あああ……っ」

私は情けない声と、ついでに涙をぼたぼた流しながら、両手に抱えていた荷物をどさっと地面に落とした。

「ご、ごめんなさい、ごめんなさい、私は通りすがりの貧乏人です……！　お金ないです、呪い殺さないで……！」

「――リディアさん」

「は、ぇ……っ」

落ち着いた声に名前を呼ばれて、私はお化けを直視することができずに俯(うつむ)いていた顔をあげた。

◆幽霊屋敷の真相

薄暗い闇を、ふわふわと浮かび上がった光玉が照らしている。光魔法の灯りだ。

その光の中に、シエル様が立っている。青みがかった銀の髪はところどころ毛束の先が青い宝石になっている。それはシエル様に宝石人ジェルヒュムと呼ばれる人々の血が半分流れている証(あかし)。

私はそれを一つプレゼントしてもらっていて、お洋服のポケットの中にいつも入れるようにしている。私の身を護ってくれるお守りになるのだとシエル様は言っていた。

「シエル様……！　シエル様……？」

「はい。あなたの姿が家の中から見えたものですから……驚かせてしまいましたね、すみません」

シエル様は入り口にある門を開いて私の元までやってくると、地面に落ちた荷物を拾ってくれた。

メルルは一瞬起きたようだけれど、また私の首に巻き付いて眠っている。

「大丈夫ですか、リディアさん。……怖かったですか？」

「マーガレットさんがこの家には自殺した商人さんのお化けが出るって言うから……」

「この家は確かにかなり昔、裕福な商人が住んでいたようですが、自死してはいませんよ。夜逃げをしたことは確からしいのですが。おかしいな……マーガレットさんには、偶然お会いした時にこの家を買い取ったと伝えた筈なのですが」

「ええ……っ」

マーガレットさん、シエル様がここに住んでいることを知っていて、嘘をついたのね。

「からかわれました、私……」

「もっと早くあなたにここに住んでいることを伝えるべきでしたね。まだ片付けも終わらなくて、家もこのような状態なので、せめてあなたを招くことができるぐらいにしてから……と、思っていました。すみません」

「シエル様！」

私は大変なことに気づいた。シエル様が拾ってくれた荷物の袋からぽたぽたと、果物の果汁が垂れている。

「スイカ、スイカが入っているのです、その袋！　スイカが割れました……！」

「あぁ、本当だ。――とりあえず僕の家に入りますか？　スイカ以外にも果物が入っていますね、無事かどうか確かめましょう」

「お邪魔していいんですか？」

「少し散らかっていますが、どうぞ。それに、僕のせいでスイカが割れてしまったので、お詫びもさせていただきたいですし」

「シエル様のせいじゃないです、私が勝手に驚いて荷物を落としただけなので……」

私は胸に手を当てて、深く息を吐いた。ともかく、お化けじゃなくてよかった。

「本当に、あまり片付けが進んでいなくて」

シエル様の言うとおり、ほぼ何もないエントランスを抜けてリビングルームと思しき場所に入ると、沢山の本やら何に使うのかよく分からない機材やら道具やらがごちゃごちゃと置かれていた。

部屋の中央には古ぼけた黒いソファが一つだけ。かなり古いものなのだろう、皮が破けて中から綿がところどころ飛び出している。リビングルームの中は魔石ランプで照らされていたけれど、光源が少ないせいか、どことなく薄暗い。

「セイントワイスの宿舎の部屋にはベッドぐらいしか置いていなかったので、もう少しまともだったんですが」

シエル様は手にしていた荷物を、リビングルームの奥にあるオープンキッチンに置いた。

カウンターのあるキッチンで、ロベリアのキッチンと作りが少し似ている。ただ、カウンターも調理台も物でいっぱいだった。

シエル様は上に置いてある本やらなんだか分からない道具やらを、床に雑に置いた。

メルルは私の首からソファに軽々と飛び移って、ソファで丸くなった。

積まれた本や大きな機材にぶつかって倒したり壊したりしないように気をつけながら、私はシエル様の傍へと向かった。

「シエル様。キッチン、使っている感じがしないのですが、ちゃんとご飯を食べていますか？」

「ん？……あぁ、はい。リディアさんに作って頂いたハンバーグ、ありがたく頂いていますよ」

私はシエル様にお願いされて、冷凍保存が可能なハンバーグを沢山作ってシエル様にさしあげている。でも、この使われていなそうなキッチンを見ると、食べているかどうかあやしいと思う。シエル様の生活がその優雅な見た目とは違って、このお部屋みたいにやや雑だということを知っているので、心配。

でも、食べているというのだから、あまり疑うのもよくない気がするので、それ以上は何も聞かなかった。

「スイカ、割れてしまいましたね。他の果物は、無事なようですが」

シエル様が袋の中のスイカを取り出しながら言った。

コンロの横の調理台に置かれたスイカは、少し包丁を入れるだけでぱかっと半分に割れてしまうぐらいにはひびが入っていたし、布袋も果汁でべとべとになっていた。

「僕のせいなので、買い直しましょう。市場はもう閉まっているでしょうから、明日、購入して届けます」

「いいですよ、大丈夫です。シエル様のせいじゃないですし」

「いえ、しかし……」

スイカが割れたぐらい、そんなに気にしていない。食べられなくなったわけではないし。

スイカプールは作ることができなくなってしまったけれど、他の果物はデザートや飲み物を作るのに使えるし。

「それよりも割れてしまいましたから、もしよかったら一緒に食べますか、スイカ。これだと、ロベリアに持ち帰れませんし」

「一緒に?」

「はい。一緒に……それとも、シエル様。忙しいでしょうか……」

「いえ、大丈夫です」

「シエル様、スイカ、嫌いじゃないですか?」

「正直に言えば、食べたことがありません」

「スイカは夏の食べ物なので、スイカを食べると夏が来たなって感じがするのですよ。それじゃあこれは、シエル様のはじめての、夏のスイカですね。割れちゃいましたけれど」

私はにこにこしながらシエル様を見上げた。

シエル様はご実家であるウィスティリア辺境伯家ではひどい思いをしていて、いい暮らしはしていなかったようだから、スイカも食べたことがないのね。

今はセイントワイスの筆頭魔導師様だからお金に困っているようなことはないのだろうけれど、食べるものにあまり興味がないのだもの。それじゃああえて食べようとは思わないわよね、スイカ。

シエル様の家のキッチンには調理器具が何もないのかと思っていたけれど、お願いしたらまな板と包丁を出してくれた。料理はしないけれど、研究のために使用するらしい。ちょっと怖いので、どんな研究のためにどのように使用するのかは聞かなかった。

私が割れたスイカを食べやすい大きさに切ってお皿に並べている間に、シエル様はコンロにケトルをかけてお湯を沸かして、紅茶を淹れてくれた。

紅茶とスイカをソファの前に置かれている丸テーブルに運ぶ。メルルはスイカに気づいたのだろう、目を覚まして起き上がるとくんくんと鼻を上に向けて匂いを嗅いでいる。

ソファに座った私は、シエル様の淹れてくれた紅茶を一口飲んだ。甘くて美味しい。

ほうっと息をつく私の隣で、シエル様が額に手を当てて「……すみません」と何やら謝った。

「ど、どうしました、急に。紅茶、美味しいです。ありがとうございます」

テーブルの上にちょこんと乗って、お皿に取り分けたスイカにメルルがかぷかぷとかじり付いている。買ってきたばかりのスイカはぬるかったので、シエル様の氷魔法で冷やして貰った。スイカは冷たい方が美味しい。

「あなたを連れてきていいような部屋ではないですね、やはり。ソファも、元々この家にあったものので……まだ使えると思い、そのままに」

「シエル様、物を大切にするのはいいことです。ソファ、座り心地がいいですよ」

引っ越したばかりなので散らかっているのは仕方ないと思うし、お邪魔させて貰っているのは私なのだし。そんなに気にしなくていいのにと思いながら私はシエル様に微笑んだ。

「……あなたの優しさには、いつも救われています」

「そ、そんなたいしたことは言っていないというか、割れたスイカを一緒に食べて貰っているので、むしろありがとうございますという感じなのですが……」

私はスイカを手にしてさくりと一口かじった。三角形に切ったスイカの先端部分を口に含むと、水気の多い甘くて爽やかな味がした。

私を見習うようにして、シエル様も長い指でスイカを手にすると、ぱくりと口に入れる。「美味しいですか、シエル様?」

「ええ。あなたと一緒にいるからでしょうか。美味しいと、感じることができます」

「ふふ、よかった。スイカ、嫌いな味じゃなくて」

嫌いなものを無理に食べさせるのはよくないもの。シエル様がスイカを気に入ってくれたのなら嬉しい。

シエル様は眩しいものを見るように目を細めた。それから話題を変えるようにして少しの沈黙のあとに続ける。

「――部屋が片付いて準備ができたら、あなたを呼びにいこうかと。あなたの魔力を、調べたいと思っています」

「はい、いいですよ。約束、していましたし」

私の料理には、不思議な力がある。けれど私には魔力がない。

どうしてなのかは自分でもよくわからなくて、シエル様は私の持つ力を調べたいと言っていた。

それはセイントワイスの方々が秘密裏に調べている、人の人格が突然凶暴に変わってしまう病『月の呪い』を治癒するためらしい。もしかしたら私の力でその病が癒やせるかもしれないと、シエル様は思っているみたいだ。

「ありがとうございます。準備が整うまでもう少し時間がかかりそうですが」

「待っていますね。シエル様、お片付けもお庭の草むしりも、もし大変だったらお手伝いしますから、いつでも言ってくださいね」

「……あなたといると、つい甘えてしまいたくなりますね」

「お友達のお手伝いをするのは当たり前です」

「もし、リディアさんが困っていたら、いつでも僕を頼ってください。僕で、よければですが」

「はい！　ところでシエル様、スイカは美味しいですけれど、こうして切って食べると種が邪魔ですよね。種が全部、チョコレートになればいいのに」

スイカの端の部分には種がないけれど、食べ進めるといちいち種をとってお皿の上に捨てなければいけないのでやや手間だ。種をとって一口大に綺麗に丸くくり抜いたスイカの方が食べやすい。

「確かに。種はないほうが食べやすいですね。少し待っていてください。……種を、消す方法が、……そうですね、……うん。できそうです」

シエル様が片手にスイカを持ちながら、もう片方の手をお皿の上のスイカにかざした。

一瞬のうちに、スイカの種が消えてしまって、緑の皮と赤い果肉だけが残った。

「すごい、シエル様、すごい……！　食べやすい！」

「喜んでいただけてよかった」

スイカの種をよけて食べていたメルルも、嬉しそうに尻尾をぱたぱたと振っている。スイカの種を消すことのできるシエル様。是非、種のある何かを調理するときは一緒にいて欲しい。スイカを食べながら、そういえばと私は口を開いた。

「シエル様、今日は海で、水着を着て泳いでいる人たちがいました。海ではスイカ割りもするのですよね。どうせスイカを割るなら、海でスイカ割りがしてみたかったです」

「スイカ割り……目隠しをして、木の棒でスイカを叩く遊びですね」

「そうです、それです。スイカ割りもしてみたいし、水着を着て海で泳いでみたいです。私、海で遊んだことがないので……あ、あと、潮干狩りも！」

私は今日見たことを、シエル様にお話しした。

「あ、あの、もしよかったら……シエル様も一緒に、海で遊びませんか？　海で泳ぐの、気持ちよさそうでした」

シエル様は相づちをうちながら私の話を聞いてくれたあと、悩ましげに目を伏せた。

「誘ってくださるのはとても嬉しいのですが……僕の体には、髪と同じようにところどころ宝石が浮き出ています。宝石人は人々から魔物だと思われていますから、嫌がられるのではないかと」

「そんなことはありませんよ！　私はシエル様の宝石、とっても綺麗って思います。……その、一緒に行きましょう、シエル様。嫌じゃ、なければ」

「嫌、とは思いません。……そうですね。行きましょうか」

シエル様は逡巡したあと、頷いてくれた。

私は無理なお願いをしたのではないかと少し心配になった。「我が儘を言ってごめんなさい」と言うと、「本当に、とても嬉しいんですよ。あなたに誘って貰えるのは」とシエル様が微笑んだので、安堵の息をついた。

「でも、よかったです。マーガレットさんが、この家にはお化けが出るって言うからすごく、怖くて……」

「リディアさんは、怖い話が苦手なのですか？」

「苦手です。最近近所の子供たちにお化けという存在を教えて貰ったばかりなのですが、知らない方がよかったです。シエル様は、怖い話が得意そうですね」

「……そうですね。どちらかといえば」

　シエル様もスイカを食べ終わったらしく、私の手に濡れた手をそっと触れさせて、浄化魔法で乾かしてくれた。

「そういえば、リーヴィスは怖い話が得意なのですよ。夏になると、セイントワイスの部下たちと集まって、カンデラナイトを開いていますね。一度誘われて参加したことがあります」

「カンデラナイト？」

「ええ。暗い部屋に蠟燭（ろうそく）を灯（とも）して、皆で集まって一つずつ怖い話をするんです。話し終えたら蠟燭の炎を消していくんですね。全ての話を終えると、部屋は真っ暗に。そして本物の化け物が……」

「ひ……っ」

「――出ません、けれど。雰囲気作りですね。夏の暑さを、恐怖で涼しくするのだとか」

「……怖いです。でも、楽しそうですね……ちょっと、やってみたい気もします……」

「ええ。リーヴィスに話をしておきますね。きっと喜びます」

「はい！」

夏は、楽しいことがたくさんあるのね。

私はシエル様に家まで送って貰いながら、どんな水着を買おうかとうきうきした気持ちで考えていた。

◆月の呪い、月の病

白い部屋には、白いベッドが整然と並んでいる。

部屋が涼しく保たれているのは氷魔石の入った冷却箱が部屋の隅に置かれているからだ。

聖都アスカリットの夏は南地方レルヴァースに比べれば涼しい。といっても、外に出ればじりじりと肌を焼くような日差しが降り注ぎ、日陰や家の中に逃げ込まなければ汗ばむ程度には暑いのだが。室内では窓を開けていればそこまでの暑さは感じない。吹き抜ける風は少し涼しいぐらいだ。

それでも、この部屋にいる者たちには少しの暑さでも体に障るのだろう。部屋——だけではなくこの建物の内部は一定の温度に保たれている。病にふせる者のいる部屋の独特な空気が、建物全体に漂っているようだ。

それは、僕にとってはかなり馴染(なじ)み深いものだった。

母が病みついて動けなくなり、食事も水も喉を通らなくなり亡くなるまで——半年ほどの月日を共に過ごしただろうか。

この場所にくると、あの日々の記憶が想起される。ただ、無力だったあの頃が。

けれど――その無力さが、今は変わったというわけではない。どれほど強力な魔法が使えたとしても、治癒魔法で病気を癒やすことはできないのだから。

「シエル様、リディアさんを家に招いたのですか？」

ベッドに並ぶ『白月病』の患者の状態の確認を終えた後、部屋から出て白く長い、扉のない同じような部屋が左右にいくつも並んでいる廊下を歩いていると、リーヴィスがのんびりとした口調で話しかけてきた。

「偶然、家の前を通りかかったのを見かけて。何故か家の前で立ちすくんでいたので声をかけたら、驚かれてしまって、スイカが割れたから家に招いた」

「どうしてスイカが。あぁ、リディアさんがスイカを持っていた、ということですね。それでスイカはどうなりました？」

「一緒に食べた」

「素晴らしいです、シエル様」

リーヴィスはそれはもう嬉しそうに、いつもあまり表情の変わらない顔に笑みを浮かべた。

どういうわけか、リーヴィスは僕とリディアさんが交流を持つことをとても喜んでいる。セイントワイスの部下たちと以外、個人的に関わりを持つことをしてこなかったので、色々と心配されているらしい。

「それにしてもどうして、シエル様を見てリディアさんは驚いたのでしょうね」

「どうやら僕があの家を買い取ったことを知らず、あの家に幽霊が出ると思い込んでいたらしい。お化けは苦手、と言っていたな」

「ふふ……流石は我らセイントワイスの妖精リディアさん。大変お可愛らしいことです」

くつくつと、リーヴィスは喉の奥で笑った。

この場所で笑い声をあげたり余計なことを話すのは不謹慎ではないかと、患者を診るために訪れた最初のころは思っていたけれど、看護人たちが言うにはここは治療の場というよりは、行き場のない患者たちの生活の場らしい。

だから、笑ってもいいし大きな声で話をしてもいい。そうしないと暗いばかりで、患者も看護人たちも皆、気が滅入ってしまうのだという。

ここ、『ミハエル白月病療養所』は、白月病に罹患した患者たちを王国各地から引き取っている。月の呪いが現れるよりも以前から、原因の分からない病気である白月病は王国のそこここで見られていた。髪と肌が白くなり、生きる気力を失ったように、少しずつ少しずつ、動けなくなり食欲を失っていく。

『白月病』と呼ばれているのは、この国の人々が死後、白い月にのぼるのだと信じていることに起因している。まるで白い月に呼ばれているようだと、ゆっくりと死に向かう人々の病について誰かが口にした。それが広まって、病に名前がついたのだ。

「シエル様、リーヴィスさん、こんにちは」

廊下の向こう側から、肌と髪の白い少女が歩いてくる。片手には、リーヴィスが作った黒いうさぎのぬいぐるみを抱いていた。

看護人の女性に手を引かれている。何色がいいかと尋ねたら、黒がいいと言われたのだという。

少女の——オリビアさんの白い髪は、昔は黒かったらしい。そしてオリビアさんの亡くなった母親も、黒い髪だったそうだ。

「オリビアさん、こんにちは。具合はどうですか？」

「今日は、いいみたい。今、看護のお姉さんと一緒にお外でお散歩をしてきたのよ」

「そうですか、それはよかった」

僕はオリビアさんの前に膝をついて、目線を合わせた。

確かに顔色はそう悪くない。よく晴れた空のような青色の大きな瞳で僕の顔を覗き込んで、オリビアさんは隠しごとがみつかってしまったときのような笑みを浮かべた。

「でも、すぐに疲れてしまうし、お父さん……じゃなかった。ミハエル先生に、あまり出歩いたら駄目だと怒られてしまうから、本当に少しだけれど」

「少し外の空気を吸えただけで、十分です。外に出ることができて、よかったですね、オリビアさん」

「ありがとう、シエル様。リーヴィスさん、さっき笑っていたでしょう？」

「あぁ、聞こえていましたか」

「何か嬉しいことがあったの？」

「そうですね。シエル様に恋人が——」

「リーヴィス」

嘘をつくなと、咎（とが）めるために名前を呼んだ。

けれどオリビアさんにはリーヴィスの言葉が聞こえてしまったのだろう、驚いたように「恋人！」と、言った。

「シエル様、恋人ができたの？　すごいわ、よかったわね」

「オリビアさん、それは……」

「一人は、さびしいもの。おとう……ミハエル先生はずっと、お家にいなくて、お母さんもずっと寂しそうにしていたわ。だからシエル様、恋人を、大切にしてあげてね」

僕が否定しようとすると、オリビアさんは僕の手を小さな手でそっと握った。

言葉に詰まる。オリビアさんの母親は——。

「オリビアちゃん、あまりシエル様たちを引き留めてはいけないわ、お仕事でいらっしゃっているのだから」

「うん。シエル様、リーヴィスさん、いつもありがとう。お薬のおかげで、私は、元気になったわ」

看護人の女性に手を引かれて、オリビアさんは病室へと戻っていく。

僕は立ち上がると、その小さな背中を見送った。薬のおかげで元気になった。それが本当ならどんなにいいだろうと思いながら。

オリビアさんと別れて、執務室へと向かう。ミハエル白月病療養所の運営者であり医師であるミハエル先生と、患者たちの状態を確認したら会う約束になっている。療養所の一階の廊下の奥にある重厚感のある木の扉を叩いた。

「どうぞ」

中から声がするので、扉を開ける。

執務室の部屋の奥にある執務机の椅子に座っているミハエル先生が立ち上がって、僕たちに礼をした。その礼は、レオンズロアの騎士たちがするものとよく似ている。かつてミハエル先生もレオンズロアに軍医として所属していた。その名残だ。

忙しいのだろう、机の上には多くの書類が乱雑に積まれている。

まだ四十代のミハエル先生は、茶色の髪に白いものが少し混じり、その顔には長年の苦悩を象徴するかのように深い皺(しわ)が刻まれて、年齢よりも年嵩(としかさ)に見える。疲れのせいだろうか、ややくたびれたように見えるが、元々軍人だっただけあって体格はいい。

白衣を着ていなければ、強面(こわもて)の顔と相俟(あいま)って傭兵か何かに見えるだろう。一人娘のオリビアさんとはあまり似ていない。オリビアさんは母親似だと、いつかミハエル先生は言っていた。

「シエル君、リーヴィス君、忙しい中時間を割いてくれて感謝する」

「こちらこそ。お忙しい中お時間をいただき、感謝します」

リーヴィスが丁寧に礼をする。僕も軽く会釈をすると、ここに来た目的を果たすために口を開いた。

「ファラニウムの粉末剤の効き目はどうですか」

「一ヶ月ほど投与を続けたが、大きな変わりはないようだ。少し倦怠感が抜けたという者はいたが。……せっかく調薬してもらったのに、申し訳ない」

「謝る必要はありません。こちらこそ、お役に立てず、すみません。試していただき、ありがとうございます」

「今回の薬は、効き目があるかと思ったのですけれどね。ファラニウムには痛みや痺れ怠さを緩和し、精神を落ち着かせる効果がある。白月病の症状の一つである強い倦怠感が楽になれば、少しは食欲も出るかと」

リーヴィスが悩ましげに言う。それから小さくため息をつくと、「駄目でしたか」と事実を確認するように小さな声で呟いた。

「セイントワイスの方々には、今までたくさんの薬を調薬してもらって感謝をしている。だが、白月病を癒やすことは不可能なのかもしれない。痛みも苦しさもなく、眠るように亡くなってくれるのがせめてもの救いだ」

ミハエル先生は、諦めたように言った。

それはきっと本心などではないだろう。ミハエル先生は娘のオリビアさんを、どうにかして救いたいと望んでいる。

だからセイントワイスの調薬した薬の患者への投与を申し出てくれた。

セイントワイスの行っている仕事の一つに、魔法では治療できない病気の研究というものがある。それは元々僕が個人的に行っていたものだ。草や木や植物の種などを集めて乾燥させて粉末状にする。成分を抽出することもあるし、調薬の方法は様々だ。古くから伝わっている薬草の効果と、それから新しく発見した薬草の効果を本にまとめあげていく。

リーヴィスや部下たちは僕のそうした個人的な研究が興味深いと、それから国の役に立つと言って、共に行うことになった。半分宝石人の血が流れているということもあり、僕を嫌う者は多い。治験を終えた薬の実際の使用について、王国各地の医師と交渉をしてくれるリーヴィスや部下たちの存在はありがたかった。

「すまない……弱音を吐いてしまったようだ。今の言葉は忘れてくれ。もし何かまた、有用な薬があれば持ってきて欲しい。希望は、捨てたくはないと思っている。ほんの少しの可能性でも」

「ええ。……ミハエル先生。僕はもしかしたら、全ての患者を癒やすことが可能になるかもしれないと、考えています」

「どういうことだ？」

「――聖女の力であれば」

リディアさんの持つ癒やしの力。

それはおそらく、レスト神官家に生まれた者に時折現れるという、女神アレクサンドリアの力だろう。

全ての傷も病も癒やすもの。

であれば、白月病も癒やすことができる。そして、月の呪いも。

白月病、月の呪い。この国には、原因がわからない病が広がりつつある。このところ赤い月から魔物が落ちるロザラクリマの回数も多い。ルシアンやレオンズロアの者たちは、世界の終わりの日が近いのではないかと冗談にもならない冗談を言っている。

そうでもしないと、休む間もなく現れる魔物の討伐に倦み疲れてしまうのだろう。

「聖女か。――私は大神殿に向かい、どうか療養所を訪れて、その力で患者たちを癒やして欲しいと頭を下げてフェルドール神官長に頼んだ。しかし、それはできないと。聖女の力は軽々しく使うものではないと断られてしまった。フランソワ様がそれを使用することを、神官長は禁じているのだそうだ」

「ええ。しかし、……フランソワ様は聖女ではないかもしれない。聖女は」

これは、まだ言うべきではないのではないか。僕はためらいから、口をつぐんだ。

僕はリディアさんの力を調べたいと言ったが、あの強力な解呪の力を体感してしまえば、十中八九リディアさんは聖女であると分かる。調べる必要もないぐらいにそれは明らかだ。

しかし、リディアさんはまだ、その力に自信を持つことができないでいる。今のリディアさんに皆を救って欲しいと頼むのは、酷だろう。

「リディア・レスト様。我らセイントワイスの救いの女神です。癒やしの力を持つ、レスト神官家の長女」

リーヴィスが崇拝するような口調で言う。セイントワイスの者たちは、リディアさんこそ聖女であるとすでに確信している。

「まさか……フランソワ様は、聖女ではないと」

「あくまでも可能性の話です。リディアさんの力が聖女の力であるという確証は、まだ」

僕は首を振った。

「しかし……もし、確証が得られたら。その時はリディアさんに、ここに来ていただこうと思っています。……オリビアさんのためにも」

「シエル君。……ありがとう。希望を与えてくれて。その言葉だけで、救われる」

ミハエル先生は深々と頭を下げた。

リーヴィスとともに挨拶をして、療養所を後にする。

室温を保つために窓の閉められた療養所から外に出ると、外の空気が新鮮に、そして降り注ぐ日差しがいつもよりも眩しく感じられた。

「リディアさんに頼めば、きっと白月病の患者のために料理を作ってくれますよ、シエル様」

「今は、まだ。……僕は一度強引に、リディアさんに助けを求めて、リディアさんを傷つけた。二度と、同じことはしたくない」

「それは私の責任でもあります。けれど、リディアさんは私たちを救い、そしてメルルの命も救った。以前よりも、自信を持つことができているとは思いますが」

「そうだとしても……もう少し、時間が必要だ」

無邪気に海に行こうと誘ってくれたリディアさんの愛らしい姿を思い出す。

胸に詰まった息を、そっと吐き出した。

輪切りにスライスしたレモンを綺麗に洗った後にお湯を入れて消毒した大きめのガラス瓶にいれて、お砂糖を入れて、さらにレモンを重ねてお砂糖を入れる。たっぷり蜂蜜もいれてレモンの輪切りがすべて埋まるぐらいまでひたひたにして、瓶の蓋を閉める。

軽く揺すって涼しい場所で一晩保存すると、お砂糖がとけて蜂蜜と混ざり合って、蜂蜜レモンシロップが完成する。

氷砂糖で作ってもいいけれど、氷砂糖の場合はもっと時間がかかるので、溶けやすい普通のお砂糖を今回は使った。

氷をたくさんいれたグラスに輪切りのレモンとシロップを入れて、お水を入れてミントの葉を乗せると、蜂蜜レモネードが完成する。

炭酸水で割っても美味しいけれど、炭酸水は好みが分かれるのよね。私はそこまで得意じゃない。美味しいとは思うけれど、舌がひりひりする感じがする。

それに瓶詰めの炭酸水は結構重い。市場から持ち帰ってくるのはかなり大変だ。

お水は水魔石があれば簡単に手に入るけれど、炭酸水は水魔石の水を瓶につめたあと、魔導師の方が風魔法で炭酸を入れ込んでいるので少し手間がかかる。でも、炭酸って結局なんなのか私にはよくわからない。ともかくしゅわしゅわする。

「はい、どうぞ。レモネードとねこちゃんパン、トマトスープとタコさんソーセージの朝食セットです」

ロベリアの朝はいつものように聖騎士団レオンズロアの方々と、今日は副団長のノクトさん、それから騎士団長のルシアンさんの姿。ノクトさんとルシアンさんはカウンター席に並んでいて、私はルシアンさんの前に朝食セットを置いた。

先日市場で買ったレモンで作ったレモネードと、ねこちゃんの顔の形に作ったパンをスライスしたねこちゃんパン、ベリージャム添え。玉ねぎの入ったトマトのスープに、タコさんの形に切ったソーセージ。

新しい朝食セットは、すごく可愛（かわ）い。そんな可愛らしい朝食セットを、筋肉……！　という感じの騎士団の皆さんが食べているのは違和感がすごい。でも、だんだん慣れてきたわね。

そしてルシアンさんは意外と可愛い朝食セットが似合う。夜空に浮かんだ星の光のような肩ぐらいまである金の髪をハーフアップにしていて、騎士団の団服を着こなしているルシアンさんは、顔立ちがいいし立ち振る舞いも洗練されていて皆に優しいので、女性から人気がある。

見栄えがいい方は、可愛い朝食セットも似合ってしまうのねと感心しながら、私は「ありがとう、リディア」と、お礼を言ってくれるルシアンさんに「どういたしまして」と微笑（ほほえ）んだ。

「ルシアンさん、先日シエル様の新居に遊びに行ってきたのですよ」

「新居に、一人で?」

「はい。色々あったんですが、偶然夕方お会いして、お邪魔してきました」

「リディア……夜に一人で男の家に行ってはいけない」

ルシアンさんに注意をされたので、私は目をぱちくりさせた。

「シエル様はお友達なので……それに、泊まったわけではないですし。泊まるのは駄目です。恋人でもない男性と二人きりで泊まるのはいけません」

「リディアはシエルを友人だと思っているのだろうが、シエルがリディアを友人だと思っているかどうかはわからないだろう」

「ど、どうしてそんなに酷いことを言うんですか……?」

シエル様だって私をお友達と思ってくれているはずよね。

ルシアンさんは意地悪だ。私が頬を膨らませると、「団長はリディアさんを心配しているんだよ」と、ねこちゃんパンをもぐもぐ食べていたノクトさんが言った。

「心配?」

「そうそう。今までリディアさん、ロベリアと市場の往復ぐらいしかしていなかっただろう? 知り合いも、団長とか俺とか、それからシャノンとマーガレットさんぐらいだった。それなのに急にシエル殿と友人になったり、家に遊びに行ったりするから心配なんだよ」

「心配……」

「すまない、リディア。言い方が悪かった。君は女の子なのだから、男の家に夜、一人で行くのはいけない。シエルは友人だが、男だ」

ルシアンさんが謝ってくれたので、私は拗ねるのをやめた。心配してくれるのは、ありがたいことだ。

「心配してくれてありがとうございます。でも、スイカを食べて、お話をしただけです。水着を着て海で泳ごうっていう約束と、スイカ割りと、それからカンデラナイトをしようって約束をしたのですよ」

ルシアンさんを安心させるために何があったかお話しすると、一緒に話を聞いていたノクトさんが、うんうん頷いてくれる。

「ここ、南地区アルスバニアでは夏には夏祭り、秋には収穫祭があるな。アルスバニアには農地も牧場も、山も森林も海もあるから、祭りが多いんだ」

「そうなんですね。他の地区はそうでもないんですか？」

「まぁ、そうだな。貴族街などではそのような催しはしないし、中流地区もどちらかといえば静かな印象だな。アルスバニアは貧しい者は多いが、活気がある」

夏祭りも収穫祭も楽しそう。お祭りというものに参加したことがないのよね、私。

王宮の舞踏会とか、パーティーとか、ステファン様の婚約者として参加したことはあるけれど、ステファン様はフランソワにつきっきりだったし、私は居場所がなくて、誰もいない場所を探してうろうろしていた記憶がある。よく裏庭のベンチに座っていたわね。あのときは——楽しくはなかった。

　でもきっと、アルスバニアのお祭りは楽しめる気がする。

「それは楽しそうですね。行ってみたいです。ルシアンさんもお祭り、行ったことがありますか？……ルシアンさん？」

　いつもはにこやかによくお話ししてくれるルシアンさんの様子が、なんだかおかしい気がした。

　そういえば話しかけたときから、変だったわよね。少し棘（とげ）のある言葉が、いつものルシアンさんとは違う気がする。

　それに今日は、いつもの勧誘もない。ルシアンさんはいつも「騎士団で働かないか？」とか「今日の料理も最高だな、リディア。是非毎日、私のために朝食を作って欲しい」とか、勧誘なのか口説き文句なのかわからないことを言ってくるのだけれど。

　なんとなく元気がない気がする。食事にもまだ、手をつけていないし。具合が悪いわけではなさそうだし。憂鬱そう、という感じ。

「何かあったのですか、嫌なことがありましたか……？」

「嫌なことか。あるといえば、あるな」

「実はね、リディアさん。フランソワ様が最近やたらと孤児院やら診療所やら、療養所の視察を増やしているんだ」

頷くルシアンさんの言葉を補足するように、ノクトさんが事情を説明してくれる。

「フランソワ様が視察に行けば、殿下も一緒に行くわけで。レオンズロアはその警護を命じられていてね」

「レオンズロアには他にも仕事がある。フランソワ様の唐突な思いつきに付き合うよりも大切な仕事がな。騎士団を私物化しているとしか思えない」

ルシアンさんは深々と嘆息して、ねこちゃんパンを小さくちぎって口に入れた。「美味しい、リディア」と、少し疲れた顔で笑った。

「フランソワ様が慰問に行くと、その救済の力を一目見たいと野次馬が増える。野次馬が増えれば、危険も増える。だからレオンズロア直々に警護をしろと。そう言われてしまえば、他の仕事があるからと断ることもできない。聖女を危険に晒(さら)す気か、などと言われかねないしな」

「そうですか……大変ですね」

ルシアンさんたちレオンズロアの方々は、ステファン様と顔を合わせる機会も多いだろう。なんだか申し訳ない気持ちになる。一応フランソワは私の腹違いの妹だし、迷惑をかけてごめんなさい、という感じだ。

「リディアさんの力がセイントワイスを救ったと、王宮では噂(うわさ)が広まっていて……だから、フランソワ様は自分こそが聖女だと見せつけるのに躍起になっているのかも」

ノクトさんはお話ししながら、すっかり朝食セットを食べ終わったようだった。

「慰問先で、フランソワ様の力で病気が治ったと吹聴する者がいないわけではないからな」

ルシアンさんも先程よりはやや覇気のある声で、けれどうんざりしたようにそう言って、タコさんソーセージを口に入れた。

病気が治ったということは、やっぱりフランソワにはアレクサンドリア様の力があるのだろう。それを皆の役に立てるのはいいことだと思う。

「聖女はリディアさんなのに。俺はなんだか悔しい気がする」

「あまり、それは口にするべきではない。私もリディアの力を信じているが、フランソワ様やステファン殿下の自尊心を傷つけることになる。リディアは、私たちのリディアだ。それでいいだろう」

どこか不機嫌そうなノクトさんを、ルシアンさんが宥めた。

私は曖昧に笑った。認めて貰えるのも、信じて貰えるのも嬉しい。でも、フランソワと競いたいわけじゃないし、見返したいとも思わない。もちろん、誰かの役に立てるのは、嬉しいことだけれど。

「今日も、孤児院の慰問の護衛だ。朝から気が重かったが、リディアの顔を見ることができて元気が出た。食事のおかげでやる気も出た。ありがとう、リディア」

「元気が出たならよかったです」

いつものルシアンさんに戻ってくれたようで、少しほっとして、私は微笑んだ。にこにこする私に、ルシアンさんは「これではいつもと逆だな」と言って、苦笑した。

確かにそうね。今までは私がいつもぐすぐす泣いていて、ルシアンさんは笑いながら私に話しかけてくれていたもの。

「リディア。ごちそうさま」

食欲がなさそうだったけれど、ルシアンさんも綺麗に朝食セットを食べてくれた。レモネードを飲み終えて、立ち上がる。

「今日の慰問先は確か、ヘルック孤児院。シャノンのいる孤児院だな。大人しくしてくれるといいが……」

「シャノンの？」

「あぁ。シャノンもリディアの事情を知っている。フランソワ様の顔を見て、余計なことを言わないでいてくれることを願いたいものだな。相手は聖女と殿下。どれほどこちらに理があろうと、権力にはかなわない」

いつものように、ルシアンさんが騎士団の方々の分の食事代をまとめて支払ってくれる。

今日は平日。シャノンは孤児院で授業を受けているはずだ。孤児院では平日はある程度の年齢になった子供たちに文字書きや計算や礼儀作法、この国の歴史などを教えるため、教養のあるシスターが授業をしてくれるらしい。孤児院から出た子供たちが、生活に困らず独り立ちできるように。

シャノンは今まで授業に一度も出たことがなく、孤児院から抜け出して街をふらふらしたり、ロベリアに来たりしていた。でも今は、かなり素行を正してくれている。

「大丈夫じゃないですか、団長。シャノン君はレオンズロアに入りたいと希望してくれていますよ。そのために、かなり真面目に孤児院で暮らしているみたいです。だから週末は外出の許可が降りて、剣の訓練をしに来ていますしね」

「ロベリアにも時々来てくれますよ」

「根はいい子なんだよな、彼は。それに、剣の腕も筋がいい。きっと立派な騎士になるから任せてくれ、リディアさん」

「はい、シャノンをよろしくお願いします」

ノクトさんが自信満々に言ってくれるので、私は頷いた。

「最近、少し背も高くなったようだし。そのうちリディアさんも追い越されるだろうな」

「確かに大きくなった気がしますね……」

「十代の成長は早いからな。私も昔は細くて小さかったが、急に身長が伸びた」

「そして今ではムキムキに」

ルシアンさんが懐かしそうに言って、ノクトさんが腕を曲げて力こぶをつくる。

レオンズロアの団服を膨らませている力こぶを見て、私は可愛いシャノンの姿を思いだした。

私はシャノンのことを、小さくて可愛いからずっと女の子だと思っていたのだ。そんなシャノンが、レオンズロアの皆さんのように大きくて、筋肉、という感じになってしまったらどうしよう。

身長を追い越されたらちょっとショックかもしれない。男の子だから、きっと大きくなるとは思うのだけれど。

「リディア、今日は孤児院の方角には行かないほうがいいな。殿下やフランソワ様と会ってしまうかもしれない」

「今日はこの後、市場に食材を買いに行って、お昼ご飯を作って、それからお店のお掃除をして、ゆっくり休むつもりなので、大丈夫です」

「あぁ、ぜひそうしてくれ。私は、今日だけで十年歳をとりそうだよ。……魔物と戦っていた方がずっといい」

ルシアンさんは少し元気になったようだけれど、でもやっぱり憂鬱そうに言った。

「ルシアンさん、教えてくれてありがとうございます。できればもう、会いたくはないですから」

「その方がいいと思う。私も、リディアが傷つく姿を見たくはない」

ペコリとお辞儀をして言うと、ルシアンさんは安堵したように笑みを浮かべた。それから私の頭を軽く撫でる。

「……っ」

ルシアンさんは聖都に彼女がいっぱいいるという噂を、私はマーガレットさんから聞いている。

噂は噂だけれど、このさらっと頭を撫でてくる感じ。手慣れている感じ。

私は頭をおさえて、ルシアンさんを軽く睨んだ。

「それではな、リディア」

「リディアさん、ごちそうさま」

ルシアンさんは微笑ましそうに青空みたいな色の瞳を細める。それから軽く手をあげて挨拶をすると、ノクトさんや騎士団の方々を連れてロベリアから出て行った。

◆不思議な海のリディア

私は明るい日差しを浴びながら、夜も朝もずっと寝ているメルルと共に市場に向かった。

「リディアちゃん、今日は珍しい時間にきたねぇ。ほら、飴(あめ)だよ。お食べ」

今までは泣いたり不機嫌になったりしながら市場を歩いていた私に、市場の人たちはよく飴をくれた。今日の私は不機嫌ではないけれど、いつもの癖なのだろう。野菜を売っているお店のおばさまが、いつものように飴をくれる。

「ありがとうございます！」

私はお礼を言ってありがたく飴をもらって、口の中でころころ転がしながら、市場の奥へと向かう。甘くて美味しい。レモンの味がする。

私は市場を歩きながら、お店をきょろきょろ見渡した。野菜も買いたいのだけれど、野菜は重たいので一番最後にしよう。まずは海産物と、それがなければ乾物が欲しい。最近お肉料理ばっかりだったし、お魚のメニューを考えたい。

「ひじきご飯……」

ツクヨミさんが売っている乾物のひじきを水に戻して、油揚げとにんじんと、鰹節（かつおぶし）からとったお出汁（だし）とお醤油（しょうゆ）とお酒を入れて炊いたご飯。あれは美味しい。おにぎりにしても美味しい。

お魚もいいけれど、ひじきご飯もいい。お味噌汁（みそしる）とひじきご飯と、お野菜のおひたしで、お昼ご飯のランチセットは十分だと思う。

子供たちにはひじきご飯とお野菜のおひたしは不人気だけれど、若いお姉様方には人気がある。あと、傭兵（ようへい）や冒険者のおじさま方にも人気がある。油っこくなくていいらしい。

「よぉ、嬢ちゃん。買い物か？」

「ツクヨミさん、こんにちは。お買い物に来ました。油揚げとひじきが欲しいです。あと、お味噌と、乾燥わかめと、鰹節」

「そりゃ構わねぇが。ちょうどいいところに来たな、嬢ちゃん」

和国からくじら一号に乗って海を越えて商売に来ているツクヨミさんは、市場の港前にいつもお店を出している。

積まれた木箱に色々な商品が入っていて、ツクヨミさんは椅子に座って煙管（キセル）を咥（くわ）えている。煙管はマーガレットさんのアロマ煙草（たばこ）とはまた違う形をしている。和国の煙草で、先端にハーブを詰めて、火をつけて吸うらしい。虫除（むしよ）けの効果があると、ツクヨミさんがいつか教えてくれた。

塩気を帯びた風と、かすかな磯の香りが心地いい。港には外洋に向けて長い桟橋がいくつかかかっている。ツクヨミさんのお店から真っ直ぐ進んだ場所にある桟橋の横には、くじら一号の姿がある。

「いいところですか？　何か、安売りをしていますか？」

「ちょうど今から、今朝、海に仕掛けたタコ壺を引き上げにいくところでな。一緒にきな、嬢ちゃん」

「一緒に、ですか……？」

「あぁ。手伝ってくれたら、新鮮なタコを安く売ってやるよ」

ツクヨミさんは片目を細めて言った。右目は布の下に隠れているので、どうなっているのかわからない。長い黒髪やタコ柄の着物が、風に揺れている。

「タコ……」

タコは美味しい。ベルナール王国の人々は、タコをよく食べる。煮込んだり、焼いたり、ゆがいて和物にしたり、揚げ物にしたり色々。

「タコかぁ……」

「タコ。不満か、嬢ちゃん」

「ツクヨミさんは、タコが好きですよね」

いつもタコ柄の着物を着ているし。

「あぁ。自慢じゃねぇが、俺の友達はくじらとタコだけだからな。あとマーガレットか。あれは飲み友達だ」

「友達なのに食べるんですか……」

私は衝撃を受けた。お友達は食べない。私はシエル様を食べない。

「くじら一号に乗ってる、ヒョウモン君は食わねぇよ。友達だからな」

「普通のタコは食べるんですね」

「ありゃ、食糧だ。ヒョウモン君も食うぞ。タコ」

「ヒョウモン君、実はタコじゃないんじゃ……」

それはそれは大きなくじらの、ツクヨミさんの船がわりでもあるくじら一号の頭の上には、巨大なタコが乗っている。

巨大なタコの足に巻き付くようにして、丸い風船状の膜のようなものの中に、甲板と座席がある。甲板はかなり広くて、私とツクヨミさんが乗っても、他にもたくさん荷物を乗せられるぐらいに十分なスペースがある。

「どうだろうな。ヒョウモン君は自分はタコだって言ってるんだから、タコなんじゃねぇか」

ツクヨミさんは和国の法術師だ。和国の法術師は、動物と心を通わせたり、喋（しゃべ）ることができるらしい。

和国の方はツクヨミさんぐらいしか知り合いはいない。これらは全て、ツクヨミさんが教えてくれたことなので、本当か嘘かはわからないのだけれど。

「それより嬢ちゃん、行くぞ。今頃タコ壺に、大きなタコが大量に入っているはずだ」

ツクヨミさんは煙管の先端の葉っぱを灰皿に捨てると、着物の袂に入れた。

ツクヨミさんの着物の袂には、いろんなものが入っている。けれどあんまり膨らんでいない。不思議ね。

「で、でも、タコかぁ……」

今日はひじきご飯とお味噌汁を作ろうと思っていた。タコを買いに来る予定じゃなかった。美味しいけれど、今すぐタコが欲しいというわけではないのよね。

「わ、わ……っ」

「ぐずぐずするな、嬢ちゃん。タコが俺たちを待ってる」

「ツクヨミさん、待って、おろして、おろして……っ」

ツクヨミさんはタコについて悩む私をあっさり抱え上げた。ヒョイっと、肩に。

衝撃に驚いたのか、メルルが鞄から出てきて、ツクヨミさんの頭の上にぴょこんと乗った。ツクヨミさんは動物慣れしているのか、あんまり驚いた様子はなかった。

市場のおばさまたちが微笑ましそうに私たちを見守っている。嫌がる娘を釣りに連れ出すお父さんの構図だと思われている。そういうのじゃない。私、タコ釣りに来たわけじゃないのに。

「楽しいぞ、タコ釣り。嬢ちゃんも素手でタコを捕まえてみるといい」

「い、嫌です、いや、私は料理人なので……っ、ツクヨミさんみたいに、タコに熱烈な愛情とかないのでっ」

「一度捕まえてみたら病みつきになる。あの感触、吸い付く吸盤、食うと美味(うま)い。タコにはいい所しかない」

「私は、ひじき、ひじきを買いに来たんですよ、タコじゃなくて！」

「嬢ちゃん、タコよりもひじきの方がいいとか言うと、ヒョウモン君が傷つく」

私はハッとして顔を上げた。

くじら一号の上に乗っているヒョウモン君が、心なしか寂しそうだ。

「ご、ごめんね……！」

ヒョウモン君が嫌いとかではないのよ。好きでもないけど。タコだし。

――そして私はツクヨミさんによって、くじら一号の頭の上の座席に押し込まれて、海へ出たのだった。市場に買い物に来ただけなのに。

私とツクヨミさんとメルルを乗せたくじら一号が、外洋に向けてスイスイ進んでいく。

くじら一号の背中に乗ったヒョウモン君に装着されている座席の上で、私は戦々恐々としながらどんどん離れていく聖都の街と、一面海と空だけの景色を見ていた。

浜辺で遊んでいる子供たちが、私たちにぶんぶん手を振っている。

くじら一号が珍しいのよね。普通は船だし。くじらとタコに乗って海を渡っているのはツクヨミさんぐらいなので、私もそう思う。

「まぁそう怖がるなって。タイ釣りと違って、タコ釣りはそう深いところまではいかねぇしな」

「そうなんですね。できれば帰りたいです」

「海はいいだろ、嬢ちゃん。広いし何もないし、自由だ」

「私はひじきを買いに来たのに……」

「ひじきも旨いが、タコもいい。今日はタコの唐揚げにしてくれ、嬢ちゃん。マーガレットと飲みにいく」

「大衆食堂なので、お酒ありません」

「酒は持参する」

「だ、だめです、ツクヨミさんとマーガレットさん、お酒飲むと、ずっといるし……」

いつもお世話になっているしいいといえばいいのだけれど、飲み始めると朝までずっといるので、結構大変なのだ。今日の午後はお掃除をしてゆっくりすごそうと思っていたのに。

「二階のベッド、余ってるだろ?」

「と、泊まっていく気ですか?」

「駄目なのか、俺と嬢ちゃんの仲じゃねぇか」

「たまにお買い物に行くだけの関係です……っ」

「寂しいなぁ、おい。今、俺の脳内にくじら一号が、若い女をからかうな愚か者……って話しかけてきたんだが」

「くじらちゃん……！」

いつも飄々としているツクヨミさんの言葉はどこまで本気か分からなくて、慌てたり焦ったりしてしまった。ツクヨミさんはいい人だけれど、泊まりにくると言われると、困ってしまうもの。

くじら一号は私の味方だわ。いくらお世話になっているとはいえ、お泊まりは駄目だ。

「嬢ちゃんをからかってたら、目的地についたぞ」

からかわれていたのね、私。そして目的地についてしまった。

ひじきごはんは諦めて、タコの唐揚げにしようかしら……。

タコの唐揚げ。トマト煮込み。一本足グリル。薄切りカルパッチョ。

タコ料理について考えながら、私はぐるりと周りの景色を見渡した。

くじら一号の甲板には、操舵のための操舵輪がない。というか、何もない。椅子はあるし、荷物置き場もたくさんあるけれど。

ツクヨミさんはくじら一号とお話をして、目的地を指示しているので、操縦の必要はないらしい。

その代わり大きな魔石が一つ、正面の台座に置かれている。ツクヨミさんがそれに触れると、透明な膜のような屋根が、シャボン玉が弾けるみたいにぱっと消えた。

海風に、髪が靡く。私の肩に乗っているメルルが、心地よさそうに目を細めた。視線を巡らせると、うねうねとした太いタコ足が視界に飛び込んでくる。

黒に近い赤に青の斑点のある、危険な色合いのヒョウモン君が、真っ黒い瞳でじっと私を見ている。ちょっと怖い。

「ヒョウモン君の前で、タコ料理について考えるのは、罪悪感がすごい……」

もしかしてタコ釣りをする私を恨んでいるのかしら。そうよね、仲間を捕まえて食べようとしているのだもの。

「大丈夫だ、嬢ちゃん。ヒョウモン君も、『我もタコ料理が食いたい、おどり食いで頼む』って言ってる」

「おどり食い……おどり食いをするのですね、ヒョウモン君……」

男らしいのね、ヒョウモン君。本当にタコなのかしら、あやしい。

「よし！　じゃあ、壺を引き上げるぞ。仕掛けた浮きが、あそこに浮いてる。ヒョウモン君、取ってくれ」

海原の水面に、ふよふよとまんまるい浮き輪のようなものが浮いている。

ヒョウモン君はタコ足の一本を浮き輪に伸ばしてぐらせて、ひょいと持ち上げた。

ざばんと水しぶきが上がる。ヒョウモン君がヒョイっとするだけで、浮きが空高く持ち上がる。

ヒョウモン君、体も大きいので、タコ足もとても長い。吸盤のついた足が、海水に濡れててらてらと光っている。

ヒョウモン君が持ち上げるだけで、縄にタコ壺がいくつかついている仕掛けが海底から顔を出した。それを軽々と、器用に甲板に下ろしてくれる。

　ツクヨミさんは縄を受け取って、ぐいぐい引っ張っていく。

　足元に散らばるタコ壺。こぼれ落ちる海水。びしょびしょになる私とメルル。メルルは海水のかかった体を、ぶるぶる震わせた。飛沫（しぶき）がさらに私にかかる。

「わっ、メルル、そこで体を震わせないでください……！　顔がびしょびしょに……っ、お着替え持ってきてないのに……」

「少々の濡れなど気にするな、嬢ちゃん。海の男は、海水なんて気にしねぇ」

「私、海の男じゃないです」

　私は濡れたお洋服や髪の水滴を、手で払う。靴も靴下もじんわりと海水が染み込んでいる。

「ヒョウモン君とツクヨミさんだけで、十分じゃないですか。私、手伝うことないような気がするんですけど」

「甘いな、嬢ちゃん。タコ壺からタコを出すのが大変なんだ。取り出したタコは氷魔法で瞬間凍結させる。鮮度が落ちねぇようにな。これを一人でやるとなると、なかなか骨が折れる」

「私、魔法、使えないです」

「嬢ちゃんには魔法を使って欲しい訳じゃねぇよ。タコ壺からタコを取り出して、凍らせたタコを保存箱に入れるのが嬢ちゃんの役目……って、おお……！」

「え……？」

ツクヨミさんが突然妙な声をあげたので、私は足元のタコ壺を見下ろしていた視線を上げた。

ぐいぐい引き上げられる縄の先端に、何かが巻き付いている。それは、タコ壺におさまりきらないぐらいの大きさの、巨大なタコだった。

巨大といっても既にヒョウモン君を見ているので、ヒョウモン君に比べてしまえばかなり小さいのだけれど。

でも、私の体と同じぐらいの大きさのタコだ。食べ応えがあって美味しそうだった。

「大きいな！　足一本で、満腹になりそうな大きさだ！　頭から足までの長さは、嬢ちゃんよりも大きいんじゃねぇか？」

「本当ですね、大きいです。大きなタコ……！」

やっぱり、料理人としては美味しそうな食材を見ると若干興奮してしまう。

大きなタコで、仕掛けは最後だった。

水浸しになった甲板に、タコ壺と巨大タコが転がっている。

タコ壺の中のタコたちは奥ゆかしくタコ壺の中に入っているのだけれど、巨大タコはうじゅうじゅと足を動かして、なぜか私の方に真っ直ぐ突き進んでくる。

どうしてなの。美味しそうって思ったのが伝わってしまったの？　恨まれてる？

「ひぇ……っ、捕まえたの、私じゃなくてツクヨミさんなのに、怒らないで……来ないで……っ」

私は座席の上に立ち上がって逃げた。それでも大きなタコさんが追ってくるので、甲板の端っこまで走って逃げた。メルルは私から離れて、ツクヨミさんの肩に逃げた。不思議そうにタコに襲われている私を「きゅ、きゅ」と言って見ながら、尻尾を振っている。遊んでいると思っているのね。私は必死なのに。

「ひゃん！」

甲板は海水でずぶ濡れなので、結構滑る。足を滑らせて転がりそうになった私を、大きな足が受け止めてくれる。

「ヒョウモン君……」

巨大な吸盤が、私の体に絡みついている。ヒョウモン君、優しい。助けてくれたのね。

でも私の体は大惨事だった。既に海水でびしょ濡れなのに、タコ足のぬめりでべたべたになった。

「っ、ひ、ぁぁあ……っ、た、タコさん、離れて……っ、怒らないで、私、美味しくないから……！」

ヒョウモン君の腕というかタコ足がするりと離れたと思ったら、私と同じぐらいの大きさの巨大タコが私にまとわりついてくる。

なんなのかしら、今日は。

タコにまとわりつかれる日なの、今日は。

マーガレットさんに占って貰えばよかった。タコにまとわりつかれるから、港には近づかないようにって教えて貰えたかもしれないのに。

「嬢ちゃん、タコに好かれたな……タコに好かれるとか、羨ましい限りだ……」

「ツクヨミさん、嫉妬してないで助けてください……！」

ギリギリするのはやめて欲しいのよ。

ツクヨミさんからタコへの愛は一方通行かもしれないけれど、それは私のせいではないもの。

「おお、そうだった。ほらよ」

ツクヨミさんが手をかざすと、巨大タコは瞬時に凍りついた。

凍りついたタコ足が、看板にごろんと落ちる。べりっと、私から離れていく。

「……うう、びしょびしょ……お洋服、可愛かったのに……」

「泣いてる場合じゃないぞ、嬢ちゃん。タコ壺から、タコを出す仕事が嬢ちゃんには残ってる」

「ぎゃう！」

メルルが奇妙な声をあげる。ツクヨミさんがタコ壺から引っ張り出したタコにかみつこうとして、吸盤がぺたっと口に吸い付いたみたいだ。いつも可愛らしい顔をもの凄く嫌そうに歪めながら（それでも可愛いのだけど）私の元に走ってくる。

「きゅ！　きゅお！」

何かしらの文句を言われている気がする。ごめんね、メルル。大きなタコはおどり食いにはあんまり適していないの。吸盤が、たぶん喉に張り付くもの。

「嬢ちゃん、ほら、頑張れ」

「はい……！」

もう、ここまで来たら泣いてないで頑張るしかない。私は頑張ってタコ壺からタコを引っ張り出した。すごくグニグニしている。

確かにちょっとクセになりそうな感じだった。

◆不吉な占い

タコ釣りが終わって、くじら一号は港に戻った。私は桟橋に降りると、くじら一号とヒョウモン君にさようならを言った。

くじら一号は私をちらりと見た後にすぐに目を伏せて、ヒョウモン君は長いタコ足の一本で、私の顔にそっとと触れてくれた。

優しい。でもタコ。ぬるっとする。

「ヒョウモン君は『また来るがいい、リディア……』って言ってるぞ。くじら一号は『息災でな、娘よ』だそうだ」

ツクヨミさんも桟橋に降りながら、海洋生物たちの気持ちを代弁してくれる。

二人とも、男らしいわね。でもくじらとタコなのよ。

ヒョウモン君の足がするすると私から離れて、凍らせたタコがいっぱい入った保存箱を器用に摑(つか)

むと、桟橋にどさりと下ろした。

ツクヨミさんは、先ほど私に絡みついていた一番大きなタコを、お手伝いを頑張ったご褒美にくれた。

「じゃあな、嬢ちゃん。タコは人気だからなぁ、明日にはもう売り切れちまうだろうから、また仕掛けた時は手伝ってくれよ」

私は私の身長ぐらいある凍った巨大タコを両手に抱えた。大きすぎて入る袋がなかったのだ。

メルルが私の肩の上で凍ったタコにかぷっとかぶりついて「ジジ！」と、警戒心を露わにした声をあげた。硬くて冷たかったのね、きっと。そして懲りないわね、メルル。食への飽くなき探究心、偉い。

「できれば事前に言ってください、準備してくるので」

海水塗れでタコを抱えた私は、頷いた。

大変だったけど、タコ壺からタコを引っ張り出すのは結構楽しかった。それに、頼られるのはちょっと嬉しい。

今度はお着替えを持ってきましょう。あと、濡れてもいい服を着てこなきゃいけない。

水着なら濡れても問題ないわよね。早く水着を買わなきゃ。海で遊ぶ以外にも、タコ釣りにも着ていけるし、潮干狩りの時も便利そうだ。

私はタコを抱えて、それから、ひじきやお味噌、鰹節と乾燥わかめと油揚げを袋に入れたものを腕から下げて、ツクヨミさんと別れた。

手伝ったご褒美に、全部無料でくれた。濡れた洋服代らしい。いいのやら、悪いのやらだ。

帰りがけに野菜を買い足すと、八百屋のおばさまが私の惨状を見て「あらあら、それじゃ大変でしょ」と言いながら、背負いカゴを貸してくれた。

それにしてもタコが重たい。そして大きくて冷たい。通りを歩く人たちが、何事かという目で私を見ている。それはそうよね、ずぶ濡れでタコを抱えて歩く女なんて、私ぐらいしかいないもの。

お野菜やひじきなどを背負いカゴに、ついでにメルルも背負いカゴに、そして両手にタコを抱えた私はふらふらしながらなんとかロベリアの近くまで辿(たど)り着いた。

特に綺麗になっている様子のないシエル様の家の前を通り過ぎて、お肉屋さんの前に差し掛かると、いつもの通りマーガレットさんが店先の椅子に座って足を組んで、アロマ煙草を吸っていた。

「あらま。市場に買い物にいったのに、びしょ濡れになって帰ってくるなんて。海にでも落ちたの、リディアちゃん」

「マーガレットさん！　海には落ちてないですけど、タコを捕まえました」

「タコを……そう。海に潜って、モリで突いてきたのかしら」

「そ、そんな元気溌剌(はつらつ)なこと、しないです、私……」

「そうよねぇ。料理へのこだわりが天元突破して、素材から自力で捕まえないと気が済まなくなったのかと思ったわよ」

マーガレットさんは、ぷは、と紫煙を吐き出した。オレンジチョコレートの香りがする。

「おおかた、ツクヨミにつれ回されたのね」

「はい、そうなんです。ひじきを買いに行ったら、タコが手に入りました。マーガレットさん、私、塩っぽくてびしょびしょなので、お風呂に入って着替えないと……お昼はタコ料理です。よかったら食べにきてくださいね」

マーガレットさんに挨拶をして通り過ぎようとすると、「ちょっとお待ちなさい、リディアちゃん」と、呼び止められた。

「ん～……導きを感じるわ。大アルカナの導きを感じる」

マーガレットさんは目を伏せると言った。

お肉屋さんでもあり、よく当たる占い師でもあるマーガレットさんは、カード占いの魔法を使うことができる。

「……月と、死神ね……」

マーガレットさんの手のひらが光り、二枚の魔力でできたカードが浮かび上がった。

一枚目は、大きな月の描かれたカード。

二つの月だ。一つは赤い月ルブルムリュンヌ。もう一つは白い月ブランシュリュンヌ。

二枚目は、骸骨騎士のカード。なんだか不吉。

「月は、疑心暗鬼、不安、恐れ……死神は、終わり。死と再生。ちょっと大変かもしれないけど、ま、いいんじゃない？」

「シエル様の時は、いい出会いって言いましたよ、マーガレットさん」

シエル様に会う前も、マーガレットさんは占ってくれた。魔術師のカードだった。

そのすぐあとに、私はシエル様と出会ったのだったわね。

「いい出会いだったでしょ？」

「ええと、はい。お友達ができたので……」

「じゃ、これもまた、いい出会いよ。リディアちゃん、前よりずっといい顔するようになったものねぇ」

にっこりと、マーガレットさんが優しく微笑んだ。

私は若干不安に思いながらも、「ありがとうございます」とお礼を言った。

マーガレットさんとお別れをして、やっとのことでロベリアに戻ってくると、調理台の上に冷凍タコを置いた。背負いカゴを降ろして、ふらふらしながら椅子に座る。

メルルはぴょんぴょんと私の肩から窓辺のクッションに飛び移った。メルルも塩っぽくなっているので、お風呂に入れてあげないといけない。ともかく、お風呂に入って着替えたい。

「重かった……タコ、ありがたいけれど、重かった……」

食堂を開くからには、食材運びは切っても切りはなせないお仕事だ。仕方ないとはいえ、重かった。おばさまが背負いカゴを貸してくれなければ、途中であまりの重さに心がくじけて泣いてしまうところだった。

「背負いカゴは便利だわ。八百屋のおばさまに、今度お礼にクッキーでも焼きましょう」

基本的には満腹になる食事が好きな私だけれど、お菓子が作れないというわけではないのよね。

お菓子もまた、いいものだ。甘いものを食べると心が穏やかになる気がする。神官家にいた時は甘いものなんて食べる機会がなかったので、余計にそう思うのかもしれない。

「ステファン様に招待していただいたお茶会で食べたシフォンケーキ、美味しかったわね……」

はじめて食べたケーキ、美味しかった。そしてあの時のステファン様、優しかった。

あのシフォンケーキ、紅茶の茶葉が入っていて、甘みをおさえたクリームとラズベリージャムが乗っていて、美味しかったわね。

「タコ料理ばかりだとお酒！って感じになってしまうし、ティータイムにお菓子を出せば、可愛い食堂になるかしら……」

本当は濡れた服を着替えたいのだけれど、ちょっと休憩。休憩しながら私はぶつぶつ呟(つぶや)いた。

「お菓子も、悪くないわよね。もちろん、ご飯も大切だけれど、お菓子は心のゆとり……」

うん、うん。

そうよね。大切だわ。

午後のティータイムに、可愛い女の子が集まる食堂。私の理想だわ。

男性というのは甘味を好まないみたいだし。

ステファン様は、お城の中庭に用意されたテーブルセットに座って、はじめてシフォンケーキを食べる私をにこにこしながら見ているだけだった。私だけが食べるのは申し訳ないと言うと、ステファン様は、甘いものが好きではないから食べないと言っていた。

ということはきっと、ルシアンさんやレオンズロアの皆さん、それからシエル様やセイントワイスの皆さんもそうだし、傭兵や冒険者の方々もそうに違いない。

「シエル様は……ちょっと違うわね。シエル様はご飯に興味がないから、食べないだけだわ。シエル様は甘い物を食べるべきね……お菓子とか、もっと」

午後のティータイムに、紅茶とお菓子と優雅なシエル様。とても似合う。シエル様はねこちゃんが好きだから、ねこちゃんプリンを作ってあげたい。喜んでくれる気がする。

あと、シャノンも可愛いのでお菓子が似合う。でもシャノンは甘い物はあんまり好きじゃないみたいだ。

「とりあえず、タコ、よね。タコ。それよりも前に、お風呂に入って、着替えをしなきゃ」

それからタコを下ごしらえしないと。お昼の時間に間に合うように、急がなくては。

「よし！」

私は気合を入れて立ちあがった。

気合を入れて立ち上がった私の足に、何かぬめぬめしたものが巻き付いた。

「ひゃあ！」

吃驚（びっくり）して、間抜けな悲鳴をあげる。

「な、何、ななな、なに、何、なんなの、何これ……っ」

ぬめぬめした何かが、ずるずると私の体を這（は）い上ってきている。

じたじたと暴れる私に、凍りついていたはずの巨大タコさんが絡みついている。

どうしてなの。凍っていたじゃない……さっきまでカチカチに凍っていたじゃないの……！

「ひぇぇ……っ、た、タコさん、怒らないで、美味しく料理してあげるから怒らないで、いやぁ……っ」

タコさんが、怒っている。

いえ、怒っているかどうかはわからないわね。だってタコだし。

ともかくタコさんは私の体に巻き付いてぎゅうぎゅうと締め上げてくる。怖い。食べる気なの？

食べられることを怒って、逆に私を食べる気なの？

「食べないで……っ、食べられないのよ、私、食べものじゃないのよ……っ」

引き剥がそうとしてタコ足を摑んでみるけれど、強力な吸盤のせいで私の体からタコさんは離れそうにないし、ぬめぬめの体に手が滑って、うまく摑むこともできない。

メルルはちらっと私を見て、それからまた寝てしまった。こういうとき、助けてくれた恩返しに助けます！　みたいな感じで、強い動物とかに進化したりしないのかしら。しないわね。そしてあんまり興味がなさそうだ。

興味がなさそうなのは、タコをかじった時に美味しくなかったからかもしれない。

「シエル様、助けて、シエル様……っ」

私の命の危機がある時に、シエル様の宝石が助けてくれるのではなかったのかしら。ポケットの中の宝石はうんともすんとも言わない。

つまり、これは命の危機ではないのかしら。タコに絡みつかれているだけといえば、だけなのだし。

「氷魔法がとけたのだわ……っ、帰ってきてからすぐに、調理しておけばよかった……」

氷漬けにしても生きているタコさんの生命力がすごいといえばすごいのだけれど。

やっぱり巨大だからかしら。大きなものは生命力も強いのだわ、きっと。

なんて、感心している場合じゃなかった。

「ひ、あああああっ」

混乱しながらタコさんの生命力の強さに感心している間にも、タコさんは私の体に巻きつき続けている。

一日に何回もタコに巻きつかれるなんて、今日はそういう日なのかしら……もしかして、このタコさんが、マーガレットさんが言っていた死神のカードが示す、タコなの？

「……一体どんな状況だ、これは。楽しそうだな、リディア」

楽しくない、これっぽっちも楽しくない。

「タコと遊ぶ趣味が？」

冷たい声で私に話しかけながら、食堂の扉を開いて私の元に向かってくるのは――知っている男性だ。

それはフランソワの元婚約者の、ジラール公爵家の次男、ロクサス様だった。

第二章 ✦ 全部あわせて栄養たっぷりタコの満漢全席

美しい銀の髪。やや目つきの鋭い金の瞳に、銀のフレームの眼鏡。上質な衣服に身を包んでいるロクサス様は、タコに絡まれている私の姿を剣呑な光を宿した瞳でじっと見つめた。

見つめるというか、睨んだ。すごく睨まれている。怖い。

怖いけれど、溺れる者は藁をも摑むのだ。私も何をしに来たのかは分からないけれど、ともかくご機嫌の悪そうなロクサス様に助けを求めた。

「ろ、ロクサス様、たすけ……っ、タコが、とれなくて……！」

ロクサス様、ぱぱっとタコをやっつけてくれないかしら！

あぁでも、やっつけられたら困る……！

だって大切な食材だし、食べ物を粗末にしたらいけないのだから。

「で、でも、穏便に、料理につかうので、できるだけ、優しくタコを、とってください……！」

「注文が多い」

「うう、ごめんなさい、食材なんです……っ、ロクサス様、お願いします……っ」

私はさっきからタコ足を体から外そうと悪戦苦闘しているのだけれど、タコ足は私に絡みつくばかりだ。タコさん、やっぱり怒っているのかしら。

そうよね、そうよね。これからしめられて、料理されるのだもの。生存に必死なのね。

でも、ごめんなさい。タコは食材なので、美味しく食べてあげるからね……！

「レスト神官家から姿を消し、こんなところで食堂を開き、タコと戯れている楽しそうなお前を、何故俺が助けねばならん。本来ならお前は俺の婚約者になるはずだったのだ。捨てられた者どうしでな」

「そ、その話は今じゃなきゃ駄目ですか……っ、タコに絡まれてる私と、どうしてもしなきゃ駄目ですか……!?　お話はあとで聞くので、助けてください……！」

ロクサス様が怒っているのは分かる。でも、今の私はタコを引き剝がすのに必死だから、あんまりちゃんと考えることができない。積もる話は、できればあとにして欲しい。

「仕方ない。……凍れ」

ロクサス様が手をかざすと、タコがさっきと同じようにパキパキと音を立てながら、綺麗に凍り付いた。

「うう、つめたい……つめたい……」

濡れている私のお洋服も、若干凍り付いている。

きっとシエル様なら、こんなことにはならなかったのだわ。

タコだけを綺麗に凍り付かせて、私のことは無事に救ってくれて、ついでに浄化魔法でお洋服も体も綺麗にしてくれたはず。

「冷たいよぉ……」

凍り付いて、私の体にしがみついていたタコが、床にどさっと落ちる。

私はタコを見下ろしながら、くすんくすん泣いた。

シエル様がよかった。

「シエル様がよかった……」

「文句が多いな……！　シエルではなくて悪かったな」

「ロクサス様……助けてくださってありがとうございます」

つい心の声が口から漏れてしまったのね。だってシエル様がよかったもの。

でもロクサス様が助けてくれたのだから、ちゃんとお礼を言わないと。私は苛々（いらいら）したように腕を組んでいるロクサス様に、丁寧に頭を下げた。

「一体どういうことだ。何故お前は、このような奇妙な状況に」

「タコも生きることに必死だったのですね、たぶん。きっと、食べられたくなかったのだと思います。タコを美味しく食べようとした恨みで、私は食べられそうになったのじゃないかな、と」

「タコは人間を食わんだろう」

「大きいタコなのでもしかしたら、ということが……」

「タコの話はいい。そんなことよりも、リディア」

タコの話をしはじめたのはロクサス様なのに。

「な、なんでしょう……っ、あ、あの、どうして近づいてくるのですか……？　あっ、恨みを晴らすつもりですか……？」

ロクサス様が一歩踏み出して私に近づいてきたので、私は逃げた。

タコをどうにかしてくれた恩人だけれど、ロクサス様は怖い。だってずっと不機嫌そうだもの。

ロクサス様はフランソワの婚約者だった。けれど今は、フランソワはステファン様の婚約者である。つまり、ロクサス様と私は婚約破棄仲間だ。

とはいえ、ロクサス様はフランソワのことが好きだっただろうし、ステファン様にフランソワを奪われたという感じだし。ステファン様の婚約破棄は私が悪女だったせいで――世間的にはフランソワを私が虐（いじ）めたからだと言われている。

きっとロクサス様はそれを信じていると思うから、私に怒って、恨みを晴らしに来たのかもしれない。

どうしよう。腹いせに売り飛ばされたりされるかもしれない。

売り飛ばしてどうするのかもよく分からないけれど、かつて、私がアルスバニアに引っ越してきたばかりの時に一人で街を歩いていたら、怖いお兄さんたちに囲まれて「お嬢ちゃん、なかなかの上玉だな。売り飛ばしたらいい金になりそうだ」とか、言われたことを覚えている。

つまり、怖いお兄さんは、私を売り飛ばすものなのだ。

「恨み？　何を恨むというのか」

私が泣きそうになっていると、ロクサス様は眉間に皺を寄せてそれはそれは不機嫌そうな様子で言った。

「フランソワとの婚約、なくなってしまったから……ロクサス様、フランソワと結婚する予定だったのに……」

「あのプードルみたいな名前の、性悪女と結婚せずにすんで、安堵しているところだ」

「ロクサス様、全てのフランソワさんから怒られますよ……！」

プードルとは、愛玩犬のこと。でも、その、プードルに、リディアって名付ける人だっていっぱいいるだろうし。フランソワだけがプードルの名前とは限らないのよ。すごく偏見だわ。

「犬のことはいい。フランソワとの婚約が破棄されて、――そう、破棄されたんだ。お前と同じでな。お前が神官家に帰らずに、出奔したあとに」

「それはその、ご愁傷様です……」

他にいい言葉が思い浮ばなくて、私は小さな声で言った。

「その話はもういい。――リディア、頼みがある」

「たのみ……？」

頼み――シエル様の時と同じ。また料理を作って欲しいという頼みなのかしら。

「ここで会話をしている時間も惜しい。お前の午後の時間を、俺に買わせろ」

「え、え……？」

「公爵家に来い、リディア。お前には、料理をしてもらいたい。俺の兄の病を癒やすために」

「あの、私、お料理はできますけど、病気を治すとかは、したことがなくて……」

「セイントワイスの者たちを助けたのだろう。このところ、王宮はその話題で持ちきりだ。呪いがとけるのなら、我が兄の病を癒やすこともできるはずだ」

「呪いと病気は違う気がします……それに私、お料理の力のこと、よくわからなくて」

シエル様が私に解呪を頼んだ時、できないと泣く私に、シエル様は「それなら、食堂に料理を食べに来ただけだから、できるだけ沢山料理を作って欲しい」と言ったのだったわね。それで、ご自分で料理を食べることで、解呪の効果を確かめてくださった。

シャノンに頼まれてメルルを助けたときは、どうして弱っているのかさえ分からないメルルを、ともかく助けなきゃと必死だった。結果的に助けることは、できたけれど。

結局、未(いま)だに私にはよく分からない。私の力が、一体何なのか。シエル様はそれを調べてくれるつもりなのだろうけれど。まだ何も、分かっていないのに。

「リディア。俺はお前を買った。金は払う。来い」

ロクサス様は私の腰を摑むと、軽々と小脇にかかえた。細身なのに、すごく力持ちだ。

抱えられた私は青ざめた。

これは、あれよね。

絶対、あれ。

「降ろして、降ろしてください、誘拐、誘拐です……！」

「誘拐などではない。金で買ったと言っただろう。ともかく来て貰うぞ、リディア。時間がない」

お金で買われたのなら、誘拐とは言わないのかしら……！

分からないけれど――。

「まだ心の準備が……！　お兄様のご病気のお話も、まだ途中ですし……っ」

お洋服もびしゃびしゃだ。お風呂に入らせて欲しい。せめて着替えをさせて欲しい。

「せ、せめて、タコ、タコも一緒に……！　生ものなんです、放っておいたらまた氷がとけて逃げちゃうかも……！　鮮度が落ちちゃうので、一緒に、他の食材も一緒に！」

ロクサス様は仕方なさそうに、私を抱えたままタコを背負いカゴに突っ込んで、反対側の腕にかけた。うん。やっぱり力持ちだわ。

「できれば離して欲しいです、私、お風呂に……っ」

「風呂は公爵家にもある。案ずるな」

案ずるわよ。

「メルル、寝てないで一緒に行きましょう、メルル……！」

メルルはちらっと私を見た後、前足でぽんぽんと自分のお布団――ではなくてクッションを叩いた。一緒に行かないでお留守番をしているという強い意志を感じる。

ロクサス様は「なんだあの動物は」と言ったけれど、あまり気にしていないようにロベリアを出てしまった。扉に鍵もかけていない。

盗まれるような物なんてなんにもないけれど。メルルが盗まれるかもしれない。でも実は狼ぐらい強いのかしら、メルル。お留守番にすごく自信があるような感じだったわね。というよりも「タコ釣りで疲れたから寝たい」みたいな感じかしら。私も寝たい。

「あら、リディアちゃん。またなのね。頑張ってね……！」

ロクサス様に連れ去られる私を、お肉屋さんの前に座っていたマーガレットさんが、白いハンカチを振りながら見送ってくれる。

そうなの、またなの。シエル様の時も見送られたけれど、ロクサス様の時も見送られてしまった。

「マーガレットさん、誘拐です、お金で買われるみたいです、私……っ」

「リディアちゃん、大丈夫よ、リディアちゃんは可愛いから、きっと大切にして貰えるわよ……！」

誰に？　ロクサス様に？

あんまり嬉しくない。さっきツクヨミさんにタコ釣りに連れて行かれてびしょびしょになって、そのあとタコに絡まれてびしょびしょになったばかりなのに。今日は災難続きだ。

だから死神のカードが出たのだわ。死神は、タコじゃなくてロクサス様ということなの？

そして私はロクサス様によって、食堂から少し歩いた場所にある大通りにとめてあった立派な馬車に押し込まれた。

ロクサス様はタコ入り背負いカゴを馬車の中で降ろして、馬車の中で怯えている私を多分逃げないように、羽交い締めにした。

ロクサス様のお膝の上に座って抱きしめられている私――に見えなくもないけれど。

「どうして、皆、私を誘拐するんですか……」

「知るか。俺がお前を誘拐するのは今回がはじめてだ。それに誘拐ではない。金は払う。話をするより、お前を家に連れて行った方が早いからな」

「ロクサス様、ひどいことしないで……」

「料理を作って貰うだけだと言っただろう……！」

ロクサス様と私を乗せた馬車が、聖都の街を駆けて行く。

途中、人混みの横を通り過ぎた。

沢山の人だかりから誰かを守るようにしているルシアンさんと、レオンズロアの皆さんの姿がある。

「ルシアンさん、助けて……！」

「料理を作ってくれたら家に帰すのだから、大人しくしていろ」

窓を叩いてルシアンさんを呼ぶ私を、ロクサス様がきつく抱きしめる。

きつく抱きしめられることが、こんなに嬉しくないなんて、知らなかった。

うん。これは、抱きしめられているわけではないわね。拘束だ。

助けを求める私とばっちり目が合ったのは、ルシアンさんではなくて、唖然とした表情で此方を見ているステファン様だった。

フランソワも一緒にいるのかもしれない。でも、あっという間に馬車は人混みの横を通り過ぎてしまったので、どこにいるのかはよくわからなかった。

◆ジラール家の兄弟

ロクサス様に拘束されながら、ジラール家の馬車は私を聖都の貴族街へと運んでいった。

貴族街とは文字通り貴族の邸宅が並んでいる街で、貴族以外に大金持ちの商人の方々なども住居を構えている――つまり、お金持ちの街である。

鉄製の塀が張り巡らされた入り口は高い門があり、夜になると安全のために門は閉じるようになっている。

聖都を拠点として生活している貴族の方々や、領地から聖都へと来たときに使用する第二邸宅で暮らしている方々もいて、私のお店がある街並みは雑然としているけれど、貴族街は静かで閑散としている印象である。

使用人の方々を含めても、生活している人の人数が圧倒的に少ないのだ。

どこの家もお庭が美しく整えられていて、道には枯れ葉一つ落ちていない。一軒一軒が、見上げるほど立派なお屋敷が並んでいる。

「レスト神官家は、第二邸宅を持っていないのだったな」

窓の外を眺めながら、ロクサス様が言う。

びしょびしょの私を抱きしめているせいで、ロクサス様の高級そうなお召し物も濡れている。なんだかとても、申し訳ない。

ここまで来たら馬車から無理矢理飛び降りて走って逃げたりしないから、離してくれないかしら。何度か身じろいだし、何度か主張したけれど、ロクサス様は「信用ならん」と言って、取り合ってくれなかった。

「レスト神官家は、聖都にある大聖殿の奥にありますから。お城も、近いですし……」

体が近ければ、声も近い。でも体温があたたかいから、冷え冷えだった体が少しあたたまった。

「ジラール公爵領よりも、聖都の方が腕利きの医者がいる。……それに、レスト神官家もある。だから、兄は長らく貴族街の第二邸宅で療養を続けている」

「……ロクサス様のお兄様は、どんなご病気なのですか？」

私はロクサス様のことをあまりよく知らない。きちんと話すのも、これがはじめてだ。

（フランソワの婚約者だったときは……ロクサス様は、私に挨拶もしてくださらなかったし）

私はしたのよ、挨拶。礼儀だし。ロクサス様は眼鏡の奥の冷たい瞳で私を一瞥して、何も言うことがなかった。

だから私は嫌われていると思っていたし、怖い人だと思っていた。

そう、思い出してきたわ。ロクサス様は私を無視していたので、少し前まで恨みつらみを吐き出していた私の、滅びるがいい滅せよ、地獄の業火に焼かれるがいい——とまで思うのは可哀想なので、突然眼鏡が割れないかな……！　と恨みを向ける対象の一人だった。

さっきも凄い勢いで睨まれたもの。やっぱり私のことが嫌いなんだと思うのだけれど。

（嫌いな私なんかのところまで来るほど、困っているのよね……）

今はそこまで不機嫌そうには見えない。よくわからない人だ。

「——兄は、白い月の病。白月病だ」

「……しらつきびょう……」

「あぁ。白月病は、突然発症する病気だ。レイル兄上は……十五歳までは、とても元気だった。聡明で、武術にも魔導にも優れた優秀な兄上だった」

「レイル様は今、おいくつなのですか？」

「十五で病を発症して、五年。今は、二十歳」

「ロクサス様と、同じ年……？」

「双子の兄だ。学園にはいなかっただろう」

私は頷いた。

ロクサス様は私の二学年上だったけれど、レイル様という方は見たことがない。

レイル・ジラール様という名前も聞いたことがなかった。

ロクサス様が公爵家の次男ということは知っていたのだけれど。そもそもロクサス様のご家族についてては、考えたことがなかった。

「白月病は、他者にうつる病気ではない。だから、不安に思う必要はない」

「少しは、知っています。突然発症して、肌も髪も真っ白になってしまって……徐々に体が動かなくなって、食事がとれなくなって、やがて亡くなってしまうのだと。それはまるで、白い月に魅入られてしまったようだから、白月病と呼ばれているのだと」

学園の授業で習った。けれど、そこまで詳しい話はなかったように思う。

「あぁ。原因はわからない。薬もなく、治療法はない。……ジラール公爵家の両親は、レイルのことを諦めている。俺に、家督を継げと。五年前にはもう言われていた」

ロクサス様は眉間に皺を寄せて、吐き捨てるように言った。それから、苦し気に淡々とした低い声で続ける。

「だが、治せる方法があるのなら……治したい。レイルは俺の兄だ。双子の兄……俺の半身のようなもの」

私は何も言えなくて、俯いた。胸が痛い。

双子はお母さんのお腹で、二人で一緒に育つ。生まれたときから今までずっと一緒。だとしたら、レイル様を失うのはどんなに辛いことだろう。

「レスト神官家の力を受け継いだフランソワは、女神アレクサンドリアの加護を持っているのだろう。どんな病気や怪我も癒やすことのできる力だ。……それならばと俺は、フランソワに頼みにいった」

「そ、そうですよ……フランソワなら、きっと癒やせるはずで……！」

そのような力がフランソワにはあるし、婚約者であるロクサス様のお兄様なのだから、力を使って癒やしてくれるはずだ。

「――フランソワの女神の力はそう軽々と使えない。請われたからといって力を使ってしまえば、神殿は病気を癒やして欲しい、怪我を癒やして欲しい、死にかけの人間を生き返らせて欲しいという自分勝手な者たちであふれかえる。そう、神官長に言われた」

確かにフェルドゥールお父様は、フランソワに力を軽率に使用することを禁じていた。でも――。

「確かにそれは、そうかもしれませんけれど……婚約者のロクサス様のお兄様が病に臥せっているのに……！」

「そのときはまだ、婚約者ではなかった。フランソワと婚姻を結び家族になるのなら、病気を癒やそう……そう言われてな。だから俺は、あの性悪女の婚約者に」

「そうなのですね……でも、婚約をしたのですから、力を使って癒やしてもらえたのではないのですか……？」

全く知らない話だ。

そのとき私はまだレスト神官家の隅っこで、家の者たちにいないものとして扱われて、縮こまって暮らしていた。

大聖殿に顔を出すこともなかったし、外に出ることも滅多になかったから、知らなくても仕方ないとは思うけれど。

「正式に結婚をしなければ、癒やしの力を使うことはできないと。学園を卒業するまで待てとあの女に言われた。兄上の病状は悪化の一途を辿っていったというのに。俺は、あの女に阿るしかなく、そのうちあの女はステファン殿下に色目を使い出した。……そして婚約は破棄され、約束は反故にされた」

「そうだったんですね……」

「俺は、あの女には女神アレクサンドリアの加護などないのではないかと思っている。その力は、リディア。お前に宿っているのでは？」

「私……まだ、わからないのです」

私は力なく首を振った。私はフランソワが癒やしの力を使うのを、幼い頃に見ている。

シエル様もロクサス様と同じようなことを言っていたけれど、私は自分のことを、「私がアレクサンドリア様の加護を持っている聖女です！」なんて、思えない。

「……私に本当に、そんな力があれば、よかったのに」

そうしたら胸を張って、辛い思いをしているロクサス様と、レイル様を救うことができると、言えたのに。

確かに、私の料理には不思議な力がある。けれどだからといって、治らない病を癒やすことができるだなんて、軽々しく口にできない。

「それが微かな希望でも、縋りたい。横暴にお前を連れ去ってきてしまったが、本当にただ、料理を作ってくれたらいいんだ。兄上の病気が癒やされるまで、お前には我が家の料理人として働いて欲しい」

「……え？」

私を宥めるように言われた言葉に、私は目をぱちくりさせた。

今一瞬ロクサス様、とても優しいことを言おうとしている雰囲気を醸し出していなかったかしら。料理を作ってくれたらいい。微かな希望でも縋りたい——シエル様と同じようなことを言ったけれど、シエル様は、昼食を作って欲しいと言っただけだった。呪いが解けるまでずっと、何度も料理をして欲しいなんて言わなかった。

ロクサス様の言い方だと、私が——病気を癒やす料理を作ることができるまで、永遠にロクサス様の元で料理を作り続けろという意味に聞こえる。どうしよう。怖い。ここにきて、シエル様の優しさが身に染みる。会いたい。

「役に立ちたいですけど、家にも帰りたいです……」

「そのうち帰してやる。そのうちな。兄上が元気になればお前は自由だ」

「そんな……」

「そもそもお前が逃げなければ、俺はお前を娶るはずだったんだ。お前は俺のものと言えるだろう。兄上ももっと早くに、元気になることができていたかもしれない。逃げたお前が悪い」

知らなかったんだもの。レイル様がご病気だということも、ロクサス様の事情も。

それに自分に不思議な力があるなんて思っていなかったし。ロクサス様は怒っているみたいだけれど、私はそんなに悪くない気がする。

もちろん、レイル様のご病気が癒やせればいいとは思う。役に立ちたいと思う。

でも——私、一生家に帰れないかもしれない。

貴族街のジラール公爵家の第二邸に馬車が到着すると、ロクサス様は再び凍り付いたタコの入った背負いカゴを肩にかけて、私を軽々と担ぎ上げて馬車を降りた。

使用人の方々がお出迎えに出てきてくれるのを一瞥すると「入浴の準備を」と短く言った。

「客人だ。俺の大切な。丁重に扱え」

そう口にするロクサス様が、私を丁重に扱ってはくれていないのだけれど……!

（どう見ても誘拐だし、タコと私を背負った不審者よね……）

けれどジラール家の使用人の方々はロクサス様の不審な行動に慣れているのか、あっさり今の状況を受け入れたようだった。

「薄汚れて磯臭い体で、兄上に会わせるわけにはいかない。風呂に入ってまともな服に着替えろ」

「それは、ロクサス様が私を誘拐するから……っ、お風呂、入ろうって思っていたところで、誘拐するのが悪いのです……っ」

さすがに私は反論した。

私はもう怒らない。男性に対して無闇矢鱈と怨嗟を吐き散らさない――なんて思っていたのだけれど。さすがに、腹が立つのよ。

「磯臭いのは私のせいじゃなくて……タコ釣りのお手伝いをして、タコに絡みつかれたからで……！」

「お前は何をしているんだ。やはりお前はジラール公爵家にいるべきだな。不自由はさせない」

「嫌です。ロクサス様なんて、今日まで私を無視してたくせに」

「好きでそうしていたわけではない。あの女の機嫌をとるためだ。……全ては、兄上のためだった」

「そ、それは、そうかもしれませんけれど……」

そう――苦しそうに言われると、じゃあしょうがないわよね……って納得しそうになってしまう。

フランソワは、私を貶めるのが人生の生きがいみたいなところがあるから。婚約者だったロクサス様が私に少しでも優しくしたとしたら、それは、怒っただろうし。

そうしたら、レイル様の病気を癒やして貰えなくなってしまうかもしれないし。気持ちはわかるけれど、無視された私は少しだけ悲しかったのだ。

「俺も濡れた。湯浴みをして着替えたら、兄上の元へ行くぞ、リディア。食材は調理場に運んでおいて貰う。何か足りないものがあれば言え。買ってこさせる」

「……食材、タコとかひじきとか、いっぱいありますから、とりあえず、タコを食べてあげないと。新鮮なうちに……」

「お前に絡みついていたタコだな」

「レイル様はどれぐらい食べることができるのですか？」

「食事は、今はもうほとんどとることはない。だが、お前の作る食事は薬になるだろう。無理をしてでも食べて貰うつもりだ」

「そんなに期待していただいても……」

「リディア。……お前の料理に確かに俺は希望を抱いているが、もしお前の料理に特殊な力がなくとも、俺は兄上に少しでも食事をとって貰えれば、それでいいんだ」

「……ロクサス様」

ロクサス様はそれ以上何も言わなかった。

使用人の方がロクサス様の背負いカゴを受け取って、どこかに運んでいく。ロクサス様に抱えられていた私も降ろされて、侍女の方々に連れられて浴室へと向かった。

さすがは公爵家別邸と感心してしまうぐらいに、浴室は広かった。浴槽にはお湯がたっぷりはられて、いい香りがする。

あれよあれよという間に服を脱がされて、全身から髪から綺麗に洗われる。自分でできると言ったけれど、侍女の方々は「ロクサス様の大切なお客様ですので」と、とりあってはくれなかった。

隅々まで綺麗になった私はお湯の中に身を沈めて、深い溜息(ためいき)をつく。

それからはっとして、慌てて口を開いた。

「お洋服のポケットに、大切なものが入っていて……！　大きめの宝石に見える、お守りなんですけれど、とても大切で……！」

びしょびしょで塩っぽい服を、もし捨てられてしまったらどうしよう。

シエル様から頂いた宝石は、お友達の証(あかし)のようで、私の心強いお守りなのに。

慌てる私に侍女の方が「分かりました、ご安心を。お洋服は洗って乾かしてお返ししますし、お守りはお洋服の中から探して、リディア様にお渡しします」と言ってくれた。

あぁ、よかった。すごく大切なものだから。失(な)くさずにすんでよかった。

湯浴みを終えて体に香油を塗り込められて、私は食材になった気分を味わっていた。お肉に味付けするために、調味料を塗り込めることがあるのよね。

髪を乾かして、一つに纏(まと)めて結ってもらう。

それから、「本当は……大切なお客様ですので、もっと素敵なドレスがよいのでしょうけれど」と申し訳なさそうに言われながら、侍女のお仕着せを着せて貰った。

「若奥様に侍女の服を着せるなど罪深いことと思いますが……たいへん可愛らしいお姿です、リディア様」

「若奥様じゃないです……でも、ありがとうございます」

侍女の皆さんが礼儀としてだろうけれど私の姿を口々に褒めてくれるので、私はお礼を言った。

膝丈のスカートに白い靴下。侍女服は茶色で、白いエプロン。それからリボンのついたヘッドドレス。

綺麗になった私は――どこからどう見ても、ジラール公爵家の新しい侍女だった。

これからお料理をするので、動きやすくていい。それにドレスは着慣れていないので、侍女服の方がかえってありがたい。

シエル様がくださった宝石を、侍女さんのうちの一人が持ってきてくれたので、私はそれを新しく着せて貰った白いエプロンのポケットに入れた。

やっぱり、安心する。お守りとして頂いたからかしら。シエル様が私を守ってくれている感じがするのかもしれない。

浴室から出ると、すでに湯浴みを済ませたのだろう、着替えを終えてすっきりした面持ちのロクサス様が、壁に寄りかかって待っていた。

「……リディア。……悪くない姿だな」

「私もこの服、落ち着きます」

ロクサス様、少し嬉しそうだわ。もしかして侍女服を着た女が好きなのかしら。

私はロクサス様に連れられて、レイル様が休まれているというお部屋に向かった。

二階にある大きな窓の広いお部屋のベッドに、レイル様は休まれていた。

――白月病の方を見たのは、これがはじめてだ。

大きなクッションを重ねたものを背もたれにして上体を起こして休まれているレイル様は、白月病の症状として私が知っているとおり、その肌は透き通るように青白く、髪もロクサス様のような銀色ではなくて、銀色を通り越して新雪のように真っ白だった。

睫（まつげ）も白く、瞳だけが、ロクサス様と同じ金色。

双子だけあってその面立ちはロクサス様とそっくりだったけれど、白い病衣からのぞく手首は骨と皮しかないのではないかというぐらいに細い。

端整な顔立ちだけれど、痩せ細っていて、唇が乾いている。

「兄上。……調子は、どうだろうか」

「……あぁ、ロクサスだね。そう、悪くはないよ。……もうすぐだ。きっともうすぐで、お前に迷惑をかけることも、なくなるだろう」

遠慮がちにロクサス様が話しかけると、レイル様は口元に笑みをたたえて言った。

「そのようなことを言うな。……リディアを連れてきた。話していただろう。癒やしの力を持つ料理を作ることができる、レスト神官家の聖女だ」

ロクサス様は、嘘をついた。

私はロクサス様の服を引っ張ったけれど、今にも儚くなってしまいそうなレイル様の姿を見ると、それは違うと声をあげることはできなかった。

レイル様は、光が失われたようなくすんだ金色の瞳を私に向けた。

かつては——きっと、強い光を宿していたのだろう。

ロクサス様はレイル様のことを、優秀な方だったと言っていた。病に侵される、十五歳までは。

「……すまないね、リディア。……弟に、無理矢理連れてこられたのでは、ないのかな」

乾いた唇が、静かに言葉を紡ぐ。

その声音は、誰も居ない静謐な雪原を連想させた。

耳をそばだてて聞かないと、その音は私に届かないようでもあり、どこか凄みを帯びていて、小さな声でもよく通り——肌に、鼓膜に、染みこんでいくようでもある。

「いえ……無理矢理なんて、そんな……」

「弟は……どうにも、私のことになると……見境がなくなるところがあって。……昔は大人しくて、気が弱かったのに……私が、こんな風だから。自分がしっかりしなければと、思ったのだろうね」

そこまで言うと、レイル様は疲れたように目を伏せて深く息をついた。

「——でも、君がここまで来てくれて、顔を見ることができて、それだけで、私は嬉しいよ。ありがとう、リディア。……聖女か。……まるで私を、白き月へと導いてくれる、天使のようだ」

優しく微笑(ほほえ)んで、レイル様は言う。

まるでもう、覚悟は決まっているとでもいうような口ぶりだった。

その瞳は私を通り越して、どこか遠くを見つめているみたいだ。白き月の幻を、見ているのだろうか。

「そんな……レイル様、そんなこと言わないでください……」

私は胸の前で、手を握った。声が震えてしまう。

こんなとき——フランソワだったらきっと、にっこり微笑んで「大丈夫です、レイル様。私があなたを癒やしましょう」と、堂々と言えるのだろうけれど。

私は——私の力は、一体何なのだろう。私に、何ができるのだろう。

じわりと、涙が目尻ににじんだ。レイル様の覚悟が、その穏やかさが、胸が軋(きし)むほどに痛い。

ここで泣くのは間違っているのに。

「リディア。……私は、もう、いいんだよ。それなのに……すまない」

「兄上。……大丈夫です。きっと、大丈夫だから」

「ロクサス。……気持ちは嬉しいけれど、リディアに、迷惑をかけてはいけないよ」

思いのほか強い口調でレイル様は言った。

ロクサス様はレイル様に深々と頭をさげると、私を連れて部屋を出た。

◆刻の魔法と双子

何も言わないロクサス様に手を引かれて、私は公爵家の調理場へと案内された。

かける言葉がみつからなかった。レイル様はもう諦めている。けれどロクサス様はレイル様に生きていて欲しいと強く願っている。それは多分、二人ともお互いを大切に思っているからなのだろう。

料理人の方々に「下がるように」とロクサス様は伝えて、私と二人きりになる。

調理場の隅には、私が市場のおばさまに借りた背負いカゴが置かれている。

公爵家の調理場は、セイントワイスの皆さんの魔導師府の調理場と同じぐらいに広い。

私はきょろきょろしながら部屋の中を確認した。私の買ってきたお野菜や、ひじきや鰹節やお味噌が置かれている。それから、お米や小麦粉や調味料。

私の身長よりもずっと大きい保存庫には、お肉やお魚の他に、凍り付いた巨大タコが詰め込まれていた。

「――兄上の、言うとおりだな」

ロクサス様は調理場の入り口に立ったまま、自嘲気味に笑って、前髪をぐしゃりと摑んだ。

「……お前を強引に攫ってきた。説明する時間も惜しかったし、腹も立っていた。……五年、だ。五年もあの女――フランソワに阿り、愛を囁いた。兄上の病を癒やして貰うためだと、自分に言い聞かせて」

「……ロクサス様は、フランソワを愛していたのではないのですか……？」

「どうすれば愛することができる、あんな女のことを。俺はレスト神官家でのあの女の振る舞いを見ている。どれほど貶められても、静かに耐えていたお前のことも」

私は返答に困ってしまって俯いた。

ロクサス様は時々レスト神官家に、フランソワに会いに来ていた。お花とか宝石とかドレスとか、プレゼントを沢山持って。

ロクサス様は私のことなんてどうでもいいのだろうと思っていたのに。気にしてくれていたのね。

表立って私に声をかけられなかったのは、レイル様のことがあったから。

あの頃の私はそんなことは何も知らなくて、ロクサス様のことは私を嫌う怖いばかりの方だと思っていた。

「リディア、お前がレスト神官家から逃げたと知ったとき、それほど俺のことを嫌っているのかと……仕方ないこととはいえ、謝罪も説明もできないのかと、苛立った」

「それは……その、嫌っているっていうか、ロクサス様がどうっていうよりも、私、男なんて嫌いって、思って。それに、レスト神官家には私の居場所なんてずっとなかったから、だったら逃げてしまおうって……」

あの家に、お父様の元に帰りたくなかった。あの家にはずっと私の居場所なんてなかった。だから逃げて――マーガレットさんと出会って、大衆食堂ロベリアを開いた。

「お前の噂を耳にして、俺は余計に苛立った。お前は自分の力を隠していたのかと。お前が最初から癒やしの力を公にしていれば、兄上の病はとっくに癒えていただろう。俺もあの女に媚び諂わずにすんだ」

「それは違います……！　シエル様にお願いされて、セイントワイスの皆さんにお料理を食べて貰ったのはつい先日のことで……私は自分には魔力がないって、ずっと思っていて……！」

「そうなのだろうな。その自信のなさを見ていれば、それは分かる」

「……ごめんなさい」

本当は私だって、自信を持ちたい。けれど――。

治らない病を癒やす力が、私にある？

そんなの、考えたってわからない。

「俺は苛立っていたし、焦ってもいた。兄上はここ数日、水ぐらいしか飲んでいない。人間は食べなければ、死ぬ。それがどんな人間であっても」

「ご飯は大切です……」

「そうだな、リディア。だから噂を聞いてお前の居場所を探した。まともに話をしようとせず、苛立ちに任せてお前を攫った。すまなかった」

「い、いえ……」

ロクサス様が深々と頭を下げるので、私は戸惑った。もっと、偉そうで嫌な人かと思っていた。だって私、攫われたし。

でも――ロクサス様は必死だったのよね。あんな状態のレイル様の顔を毎日見ていれば、焦りもするはずだ。

それにお水しか、飲めていないなんて――。

「どうしても、助けたかった。兄上を助けるためならなんでもすると誓った。だがそれは、兄上にとっては迷惑だったのだろう。俺は余計なことをしているのかもしれない」

ロクサス様の言葉で、心臓がチクチクと針で刺されるように痛い。

それは鋭いナイフみたいに、ロクサス様ご自身を自分で傷つけているように感じられる。

シエル様はセイントワイスの皆さんが大切で、救いたいと望んだ。シャノンは死にかけていたメルルを救いたいと望んだ。そしてロクサス様は、大切なご家族を救いたいと望んでいる。

その思いは、余計なことなんかじゃない。

レイル様はきっと――嬉しいはずだ。

私は俯いていた顔をあげる。心の中で――よし！　と、気合を入れた。

それから、保存庫の中から氷漬けのタコを取り出した。

まずはタコ。タコをなんとかしたい。

目の前に氷漬けの新鮮なタコがあるので、タコをさばいていきたい。

大きなタコを、大きなシンクへと持って行く。じゃばじゃばお水を流してタコを水につけると、氷魔法がとけて、タコが柔らかくなっていく。

私はタコの目の間に、えいや、と包丁を入れた。

タコさん。ごめんね。美味しく食べてあげるからね。

「リディア、数々の無礼を詫びたい。それから、神官家で虐げられていたお前を、救わなかったことも」

「ロクサス様の苛々の理由、分かりました。私を見ていてくれたことも、それから、レイル様のために必死だったことも。だから、大丈夫です」

私はタコの頭の中のワタを綺麗にして、タコのぬめぬめをお塩で揉んでとっていく。

タコの塩もみはいい。ぬめぬめがつるつるになっていくのが楽しい。

「謝罪を受け入れてくれて、感謝する。お前を家に帰そう……お前は、先程から何をしているんだ？」

「ええと、その……タコをさばいています」

「…………何故、今、タコをさばく」

苛々をおさめて謝ってきたはずのロクサス様が、また苛々しているわね。タコをさばいているだけなのに。

「ここにタコがあるからですけど……！」

そう、ここに新鮮で美味しそうなタコがあるから、さばいているのよ。

私はロクサス様の話を聞きながら、昔のことを思い出していた。

——あれは、いつのことだったかしら。私がもっと幼くて背も低くて、調理台に手がやっと届く程度の頃だった気がする。

レスト神官家の調理場からは美味しそうな香りが漂っている。私はいつもお腹を空かせていた。

私の分のご飯はなくて、こっそり忍び込んだ調理場で残り物のパンをかじったりしていた。

美味しそうなお料理を、使用人の方々はダイニングへと運んでいく。私はそれを調理場の片隅で眺めて、それから使用人の方のあとをなんとはなしに追いかけていった。

少しだけ、食べさせて貰えないだろうかと思っていた。

邪険にされることもなかったし、何かを言われることもなかった。視線もこちらに向かず、私の姿は使用人の方々には見えていないんじゃないかと思えるぐらいだった。

ダイニングには大きな暖炉があって、暖かな炎が灯っていた。長テーブルには白いクロスがかけられていて、美しい魔石ランプの明りが部屋を照らしている。花瓶には綺麗なお花、よく磨かれたお皿やナイフやフォークやスプーン。お皿には、私が口にしたことのない美味しそうなお料理。

フェルドゥールお父様と、フランソワ、ソワレお義母様が食卓を囲んでいる。

フランソワが何かを話しているのを、二人は優しい笑みを浮かべて、熱心に聞いているようだった。

廊下から中を覗き込んでいる私と皆のいるダイニングには見えない壁があって、私は入ることができない。

私が入ると皆が不快な表情をするのを知っているから。私の分の食事はないから。

ご飯を食べられないことは悲しい。お腹がすくと、悲しい気持ちがもっともっと大きくなってしまう。私はしばらく自分の寒い部屋でお腹を押さえてじっとしていた。それから誰もいないことを確認して、調理場に行き残り物をあさった。残っていた玉ねぎをかじってみたら、涙が出るほどからかった。

とても悲しい気持ちになって、調理場の隅で一人でくすんくすん泣いたことを覚えている。

レイル様はご飯を食べたくないかもしれない。でも、一口でいいから食べて貰いたい。

病を癒やせるかどうかなんて分からない。でも——美味しいと思ってもらいたい。ご飯を食べれないのは悲しいし、辛いことだから。

ともかくタコだ。

レイル様が食べられるように、かまなくてもいいぐらいに柔らかく煮よう。

ベルナール王国で一般的に食べられているベルナールタコは、頭が小さめのスイカと同じぐらいの大きさで、足の一本一本が私の前腕ぐらいの長さである。

ところが、ツクヨミさんにもらった大きなタコは、その三倍ぐらいの大きさがある。それなので、ぬめりとりも一苦労だ。

タコの表面のぬるぬるを、両手を使って上から下にしごいて取り除いていく。ぬめりを徹底的にとるのがとっても大切なのよね、タコ。

「……リディア。俺の話を聞いていたか」

背後からロクサス様の声がする。

聞いていたけれど、それはもちろん聞いていたけれど、今はタコをさばくのに集中したい。

せっかくツクヨミさんから貰ったんだし、それに、釣り上げた以上は美味しく食べてあげないと、タコさんに失礼だ。新鮮なタコを放置するなんて、とてもできない。

「帰りたいのだろう、お前は。俺の行動は兄上の負担にしかならない。俺が兄上のために何かをするほどに、兄上は負い目を感じて早く白き月の元へ行きたいと思うのだろう。それなら」

「……何かをしてもらって、嬉しくないなんてこと、ないような気がします」

綺麗にぬめりをとったタコを大きなボウルの中に入れて、塩水でもみ洗いしていく。

一度綺麗に水で洗い流して、もう一度塩水につける。それから、私は大きなお鍋に水を入れてお湯を沸かした。

さすがは公爵家の調理場。設備がいい。コンロもずらっと並んで四口あるし、大きな炎魔石がコンロの中に嵌(は)められている。

「ロクサス様は、レイル様のことが大切だから、一生懸命なんですよね」

「……兄上に生きていてほしい。昔から兄上は、俺の憧れで……理想だった」

「私にできること、料理だけですけど……ご飯を食べることができないの、悲しいです。……病を癒やすなんて特別なこと……それは、できたらいいなって思いますけど、でも」

私にそんな力があるとは、やっぱり思えない。思えないけれど。

「レイル様に少しだけでも、美味しいものを食べてもらいたいって、思います……タコは皆好きですし、ちょうど新鮮ですし……いっぱい煮たらかまなくていいぐらいに柔らかくなりますし」

「……リディア」

「……私もレイル様に、ご飯、食べてほしい、です」

美味しいって、もっと食べたいって思ってくれたら、少しだけでも元気になるかもしれない。白い月に行くのはやめようって、思ってくれるかもしれない。

「だから私、お料理をさせてもらおうって思います。私は食堂の料理人ですから。出張大衆食堂ロベリアです！」

私は自分を勇気づけるために、大きな声で言った。

そうね――私は料理人。ロベリアの料理人だわ。

だから、お腹がすいている人がいれば、料理を作って食べて貰いたい。それはごく、当たり前のことだ。

「……俺に何か、手伝えることはあるか」

ずっと何かに怒っているようだったロクサス様だけれど、落ち着いた口調で尋ねてくれる。

ロクサス様は公爵家の次男で、お料理なんてもちろんしたことがないのだろうけれど、レイル様のために何かをしたいのよね、きっと。

「ええと、それじゃあ、お米、とってきてください。やっぱり、お粥がいいかなって……」

「タコと、粥……？」

「タコの旨味たっぷりリゾットです。柔らかいですよ。あと、白ワインと、玉ねぎ、乾燥パセリもあったら持ってきてください」

「……米か。米、米と……なんだ？」

「白ワインと玉ねぎ、乾燥パセリ。それから、せっかくだから唐揚げとタコの柔らか煮込みと、一本足グリルも作りますし、タコスープも……それなので片栗粉と卵、塩胡椒と、トマトとニンニク、オリーブオイル。月桂樹もあれば持ってきてください」

「多いな……！　一度に言うな」

「……ロクサス様、眼鏡、かけてますし。言われたことは全部覚えられるとか、そういうタイプの人かと思って……」

「眼鏡をかけている人間が皆賢いと思うな。それにこれは、レンズが入っていない。偽物だ」

「おしゃれ眼鏡……ロクサス様、おしゃれ眼鏡……」

私は沸騰したお湯に、再度塩揉みしてよく水で洗ったタコを、背伸びをして足先から入れていく。ふにゃふにゃしたタコ足が、くるくると丸まりながら赤くなった。

「悪いか。今でこそ、兄上の髪は真っ白になってしまったが、昔は俺と兄上は見分けがつかないぐらいに似ていたんだ。だから父が――不要な方、つまり俺に眼鏡をかけろと言ってな」

「ふよう……？」

「兄は優秀だったが、俺は兄に比べると凡庸だった。それだけの話だ」

「ロクサス様は魔法が使えるのに」

私には魔力がないから、お父様は私を要らないと思ったのだろう。でもロクサス様はそうじゃない。

「……その魔法も、いいものではない」

ロクサス様は短く言うと、私に言われたものを取りに保存庫の前に向かった。

お鍋の中で、大きなタコがぐつぐつ煮込まれて、真っ赤になる。

ゆでダコ。

「綺麗なゆでダコ……素晴らしいゆでダコ……！」

足がくるんとまるまって、真っ赤になって、まさしく全王国民の理想とするゆでダコが出来上がった。

タコ料理専門店の看板に描かれているタコが、まさにこんな感じ。

ミトンをした手でお鍋の取っ手を摑んで、大きなザルにタコをあげる。

タコは茹でると小さくなるので、それはそれは大きかったタコも、縮んで小さくなっている。ころんとして可愛いゆでダコを見つめて、私はにこにこした。

「……うわ！」

綺麗に茹であがったタコに満足する私の後ろで、なんだか間抜けな声があがった。

何事かと思って振り向くと、ロクサス様が両手に抱えた玉ねぎを、床にころころ転がしていた。

どうやらお米の袋と、たくさんの玉ねぎと、調味料などを一度に持とうとしたらしい。

玉ねぎを拾おうとしたロクサス様は、お米の袋を床に落として、ついでに月桂樹の葉がたくさん入った容器も落として、衝撃で蓋が開いて床に乾燥月桂樹をぶちまけた。

「だ、大丈夫ですか……!?」

「問題ない。拾えばいいだけのことだ」

「……もしかしてロクサス様、不器用なのですか……？」

「…………兄に比べてロクサス様、不器用なのですか……？」

「ロクサス様、あの、ごめんなさい……何もしないで座っていてください……」

玉ねぎと月桂樹は落としても大丈夫だけれど、お米を床にぶちまけられたら大惨事だったわよ。

私がお手伝いを丁重にお断りすると、ロクサス様は「仕方あるまい……それならお前に、何か飲み物でも淹れてやる」とかなんとか言った。

嫌な予感しかしないわね。茶葉をぶちまける予感しかしないのよ。

私は玉ねぎと月桂樹を拾って調理台の上に置く。

「ロクサス様……ロクサス様は、ここにいてください。それだけでいいですから……！」

「……俺にも、重たいものぐらいは運べる」

「その時はお願いするので、今は、私を見ていてください」

「……仕方ないな」

ロクサス様が少し悲しそうだ。

でも茶葉をぶちまけられるの、嫌だし。何も任せられないのよ。お皿も割りそうだし。

ロクサス様を調理場にあった椅子に座らせた私は、再び綺麗なゆでダコに向き合ったのだった。

お行儀のよい愛玩犬のようにちゃんと座って待っているロクサス様の姿を見て一安心した私は、まず先に、お水とワインを入れたお鍋の中に完璧で可愛いまんまるいゆでダコを入れて、火にかける。

「ロクサス様、もしお湯がふきこぼれそうになったら教えてください」

「了解した」

それぐらいならきっとロクサス様もできるわよね。ロクサス様は生真面目な表情で神妙に頷いた。

タコを煮込みながら、私は玉ねぎをみじん切りにして、お米を研いだ。シャカシャカお米を研ぐ音が、調理場に響く。

「リディア」

「どうしました？　吹きこぼれそうですか、もしかしてもう吹きこぼれていますか……⁉」

すでにお湯が吹きこぼれているのを、わたわたしながら報告してくるロクサス様の姿を一瞬想像した私。

あわてておお米を研いでいた手をとめて振り向くと、ロクサス様は神妙な表情で鍋を見つめ続けている。弱火でことことタコを煮込み続けている鍋は、今のところ無事みたいだ。

「いや。鍋は問題ない。……俺にはそのタコが、もう茹っているように見えるのだが、どうしてもう一度茹でるのかと」

「それは、タコを柔らかくするためですけど……」

「そうか。……茹でると柔らかくなるのか？」

「そうなんです！　タコ、硬いですよね。今は、さっと茹でたから柔らかめですけれど、でも、レイル様に召し上がっていただくためには、それはもうくたくたに、とろとろに、柔らかくしなくてはいけません」

「くたくた、とろとろ……タコの食感ではないな、それは」

「レイル様は病身なので、体と胃に優しいタコがいいと思うのです。よく煮込むとかまなくていいぐらいになるんですよ。タコは長い時間煮れば煮るほど柔らかくなるんですけれど、柔らかくしてから調理することで、もしかしたらレイル様も、沢山タコ料理が食べられるかもしれませんし」

私はタコの柔らかさについて力説した。タコは硬いイメージがあるけれど、それにもちろん硬くて弾力のあるタコもそれはそれでとっても美味しいのだけれど、調理法によっては本当に柔らかくなるのよね。

「そうまでして、なぜタコにこだわる。兄上はタコが特別好物というわけではないのだが」

「とれたての新鮮なタコがあるからですけれど……新鮮な物は体にいいのですよ。それに、美味しいですし」

「……どれぐらい煮るんだ？」

「ざっと……五時間……ううん……できれば、八時間、ぐらいでしょうか」

「夜になるな」

「夜になります」

「お前は、夜までここにいるつもりか？」

「タコのためです……タコと、あと、レイル様のためです」

それは本心だ。タコは美味しく料理してあげたい。レイル様にそれを食べて欲しい。

お家で待っているメルルのことが気がかりだけれど、メルルのことだからきっとずっと寝ているだろう。

「そんなに煮なければいけないのか……」

「タコは煮れば煮るほど柔らかくなりますから！　あ！　中途半端に煮ると硬くなるのですよ。だから、じっくり丁寧に、ゆっくり煮てあげないと……」

「長いな」

「料理というのは時間と手間がかかるのです。でも、頑張れば頑張るほど、美味しくなります。私、大衆食堂ロベリアの料理人ですから、ちゃんとお料理して美味しい物を食べて貰いたいって、思ってます」

私はそれはもうじっと、ご自分の役割を果たすようにじっとタコの鍋を見つめているロクサス様を見つめて、にっこり笑った。

「……鍋は俺が見張っておく。お前は少し、休め」

優しいわね、ロクサス様。

でもとても任せられないのよ。ロクサス様に任せるなんて、とてもできない。

ごめんなさい、本当に申し訳ないのだけど、ロクサス様、何もしていないのに鍋を落として、タコごとお湯を床にぶちまけそうだもの。

「き、気持ちは嬉しいのですけれど……八時間後なので、ロクサス様はどこかで休んでいてください。あとは玉ねぎとお米をいためて、タコが柔らかくなるのを待つだけなので……」

私は不自然にならないように、それとなく、ロクサス様の提案を断った。

ごめんなさい。信用できないのよ……！

「……八時間、時を進めればいいのだな」

しばらく黙り込んでいたロクサス様が、ぽつりと言った。

「は、はい、そうですけれど……」

「それなら……俺にも手伝える」

ロクサス様は立ち上がると、鍋に触ろうとする。

私はロクサス様の腕を摑んだ。

鍋を倒されたらどうしよう、大惨事だわ。座っていてくださいって頼んだのに。言うことをきいて……！

という気持ちをこめて、必死に腕を引っ張った。

「ロクサス様、待って、待ってください……だめ、だめ……っ」

「何が、駄目だ」

「触ったら、だめです……危険です、鍋は危険……！」

鍋を倒されたら困るんです……！

私は焦った。せっかく上手にさばいて、綺麗なゆでダコができたのに。

あとは大人しく、ゆっくり待っていればいいだけなのに。せっかちなの、ロクサス様。

強火にしてはいけないのよ……！

いろんな思いが頭の中にぐるぐる渦巻くけれど、焦っているせいか言葉があんまり出てこない。

「鍋の何が一体危険なんだ。さては俺が鍋を倒すと思っているな、お前は」

「うう……」

バレた。怒られる。私は怒られる覚悟を決めた。けれど、ロクサス様は深く嘆息しただけだった。

「時を進めるだけだ。……俺の使える特殊魔法。対象の時間を進めることができる。時の魔法、奪魂」

ロクサス様は鍋に手を翳した。

ただそれだけ――なのに、ふつふつと煮えている鍋の中のタコの姿が変わっていく。

はりのある艶々のゆでダコから、濃い色をしてくたっとしたゆでダコに。

「タコ、タコが、ロクサス様、タコが……！」

「鍋の刻を進めた。……正確には鍋の中のタコの時間を八時間程度奪った」

「すごい！」

私は鍋を覗き込んで、ロクサス様の腕を引っ張った。

鍋の中のタコは、明らかに八時間以上煮込んだ趣になっている。たっぷり入っていたお湯も、半分程度に嵩を減らしていて、お湯はタコのだし汁が出て薄い赤褐色に染まっていた。

「ロクサス様、すごい……！　時短です、ロクサス様！　一瞬でタコが柔らかく煮えました、わぁ、すごい、すごい！」

なんて便利なの。なんて便利な調理器具なの、ロクサス様。

私が喜ぶと、ロクサス様は眉間に皺を寄せる。

「……この力を使って、喜ばれたのははじめてだ」

「ど、どうしてですか、すごく便利なのに……」

「奪魂は、相手の時間を奪う。花は枯れ、生き物は、死ぬ。……呪われた力だ」

「煮込み料理に最適です……！　あと、お米もすぐにたけますよ、ロクサス様」

一家に一人欲しいわよね。呪われているとは思えないのだけれど。

ロクサス様は溜息をついて、軽く首を振った。

「――兄は、変若水の力を、俺は奪魂の力を持ち、双子としてうまれた。時を操る魔法が二つに裂けたのだろう。兄の力は時を戻し、俺の力は時を奪う。兄の力は、公爵家においては奇跡だと祝福されたが、俺の力は――不吉だと、呪われていると言われた」

「そうなのですね……」

ロクサス様も色々苦労をしているのね。でも、どうしてかしら。便利なのに。

私はゆでダコをトングで鍋から取り出すと、まな板の上に置いた。

すごく、くたっとしている。包丁がすっと入る。すごく柔らかい。最高に柔らかい。このタコなら、百歳のおじいちゃんでも食べられるわね、きっと。

私は満足気に頷いた。ロクサス様のおかげで、ちょっと遅い昼食を提供できそうだわ。

とろとろに煮えたタコの足を一本、とん、と切り落として、細かく切っていく。お米が煮えるまで時間がかかるので、まずはリゾットから。それから、他の料理にとりかかろう。

「……俺は……役に立てただろうか」

私の少し後ろに立って、私を眺めながらロクサス様が言う。

「それはもう！　それはもう……！　煮込み料理を作る際には、是非一緒にいて欲しいですね……ロクサス様がいれば、豚の角煮とか、豚の軟骨煮込みとか、牛すじ煮込みとか牛タンシチューとかモツ煮とか、それはもうとろとろに……すごくとろとろに……」

考えただけでも、嬉しくなっちゃうわね。

長時間の煮込み料理は、美味しいのだけれど、なんせ時間がかかるのでちょっと大変なのよ。できれば長く長く煮込んで最高に美味しくなった状態で、食べてもらいたいのだけれど。そうすると、丸一日ぐらいかかってしまうのよね。

でも、ロクサス様がいれば、材料をお鍋に入れて火にかけて一分、なんということでしょう、八時間煮込んだ煮込み料理が出来上がり！

ということなのよね。最高。最高だわ。以前は眼鏡が割れないかしらって思ったものだけれど、今は眼鏡を祭壇に置いて奉(まつ)ってもいいぐらいの気持ちだ。新たな御神体にしてもいいのよ。煮込み料理の御神体として、大衆食堂ロベリアの壁とかに飾ってもいいぐらいだわ。

「ロクサス様は、なんでも柔らかくとろとろにできてしまうのですね……すごい……」

「そんな用途で使用したことはない。……タコの時間を奪ったのははじめてだ」

「そうなのですか？　便利なのに」

「しかし、役に立てたのならばいい。……ジラール公爵家では忌避されていた力だが、こうも喜んでもらえるとは」

「ジラール公爵家では煮込み料理の役には立てなかったのですね。どうしてでしょう？」

深めのフライパンにオリーブオイルを入れて温めて、みじん切りした玉ねぎを炒めていく。じゅうじゅうと音を立てながら炒められている玉ねぎが、しんなりして白から透明に変わっていったところで、洗ったお米を入れる。お米を少し炒めて、そこに細かく切ったタコ足と、タコの茹で汁をたっぷりと、白ワインを少し。

弱火にして蓋をして、お米が煮えるのを待つ間。私はタコの頭の部分を一口大に切って、足をぶつ切りにした。包丁がスッと入るぐらいに柔らかいタコ。煮込んだらもっと美味しくて柔らかくなるはず。

（レイル様も、柔らかくて美味しい……って言って、召し上がってくださるかもしれないわよね）

私が目指すのは、病気で食欲のない方でも食べたくなってしまうタコ料理だ。タコじゃなくても別にいいのだけれど、新鮮なタコがあったので。何も食べたくないレイル様にとっては、タコもお魚も、卵だって、お肉だって、皆同じだとは思うし。

「俺がまだ幼かった頃……母を喜ばせたくて、ジラール公爵家の庭園で魔法を使った。花は枯れ虫は干からび死に絶えて、母は悲鳴をあげた」

ぽつりと、ロクサス様が言った。

「それは、ロクサス様が小さかったからで……」

「小さい、幼いは、言い訳にはならない。俺は確かに命を奪った。なんの罪もない花や虫たちの。

……万が一、人間に対してこの力を向けていたらと、自分でも恐ろしく思う。俺が恐ろしいと感じるぐらいなのだから、家人たちは余計にそうだ。仕方のないことだが」

ロクサス様はそう言って、小さく息を吐いた。

便利な力って、喜んでしまったのは、よくなかったかしら。タコが煮えて嬉しかったの。でも、軽率だったかもしれない。

私はぶつ切りのタコを新しいお鍋に入れた。

タコの茹で汁と、ツクヨミさんがタコ釣りを手伝った時のご褒美でくれたお醤油(しょうゆ)と、かつおの削り節、お酒と、お砂糖を入れる。こちらも弱火で煮込んでいく。

それからお鍋にたっぷりオリーブオイルをそそいで、温める。一口大に切ったタコをボウルに入れて、すりおろしたニンニクとお醤油とお酒を入れて、ぐにぐにと揉んだ。

「俺がはじめて皆の前で力を使い庭園を朽ち果てさせた時、皆が悲鳴を上げる中で兄上は枯れた花を時を戻す魔法を使って元に戻し、大丈夫だからと、笑ってくれた」

それは——どんなに心強かったかと思う。幼いロクサス様にとって、大丈夫だと手をさしのべてくれたレイル様の存在はきっととても大きかったただろう。

「俺たちは大神殿に連れていかれた。魔力診断を受け、特殊魔法に名を与えられた。レイルの力は喜ばれ、俺は更に両親から忌避されるようになった」

ロクサス様の魔法は凄いと思うのだけれど。タコを凍らせてくれたし、特殊な魔法以外にも、他の魔法も使えるようだし。

「ロクサス様は氷魔法も使えるのですよね？」

「あぁ。少しだけな。適性があったようだ。だが、才能があるわけではない。セイントワイスの、シエルのようにはいかない」

私は頷いた。この国の人々は魔力を持っている。けれど皆が皆、シエル様のようにどんな魔法でも使用できるというわけじゃない。氷や、炎や、風、治癒や光、生まれながらに適性や素質というものがある。

特殊な魔法も、その素質の一つとされている。これは本当に特別なもので、誰でも使えるわけじゃない。

ロクサス様はそれだけで十分凄いのに。

「兄上は次期公爵としての期待を一身に受けて育てられて、凡庸な俺は両親から顧みられることはなかった。俺の力で母を怯えさせてからは、余計にあの家では俺は嫌われていた。だが兄上はいつも俺に優しかった。俺にとって家族は、兄上だけだった」

「素敵なお兄さんなんですね、レイル様」

「あぁ。本当は公爵などにはならずに勇者になりたいのだと、昔こっそり教えてくれてな。勇者になって悪い竜を退治して、姫を救うのが夢……だそうだ」

「勇者と竜、お姫様ですか……？」

「童話だな。ジラール公爵家の書庫にあった。創作された物語を、兄上はよく読んでいた。題名は、仮面の勇者と暗黒竜――だったかな、確か。勇者とは――冒険者ギルドで依頼をこなして伝説になった者の総称ではあるが、そうではなく童話の中の仮面の勇者になりたいのだそうだ」

「まぁ……ふふ、可愛らしいですね」

私はくすくす笑った。そのお話は、知っている。ステファン様と仲よしだった時代に、一緒に読んだことのある本の一つだ。王国では有名な童話だとステファン様が教えてくれた。

その童話を読んで勇者に憧れるレイル様というのは、今のレイル様からは想像もつかない。ロクサス様の言うように、昔は本当に元気な方だったのだろう。

「だが――兄上が病を患うと、公爵家には不必要な人間だと忌みもの扱いされて、別邸に閉じ込められた。……そして父は俺に公爵家を継げ、と。兄上と俺の立場は公爵家では真逆に」

「……どうしてロクサス様のご両親は、そんなことを」

「公爵家で何よりも大切なのは、優秀な血を残し繋いでいくことだ。病の兄にはそれができず、その役割は俺に。俺は兄を別邸からここに連れてきて、必ず助けると約束をした。そうしてレスト神官家に。……あとは、話した通りだ」

ロクサス様は、レイル様の病気を癒やす約束で、フランソワと婚約をしたのよね。でも、約束は果たされなかった。

私は味をつけたタコに、小麦粉をまぶした。

多めのオリーブオイルを入れたフライパンに小麦粉を塗(まぶ)されて白くなった一口大のタコ足を入れて、揚げ焼きにしていく。

じゅわっと、いい音がする。香ばしくて美味しそうな香りも調理場に漂いはじめる。

タコには既に火が通っているので、小麦粉がこんがりカリッとしたら、すぐに網を敷いた四角いバットの上にあげる。油で揚げ焼きにしたタコから、余計な油が落ちて、より一層カリッとする。

「兄上の病状は悪化する一方だった。俺の力が……時を奪う物ではなく、戻せる物だったら。……兄上の時間を戻して命を繋げたかもしれないと、幾度も思った。呪われた俺は何の役にも立たない」

「……レイル様の魔法では、ご自分のご病気を治せないのですか？」

「俺たちの魔法は、自分自身には効果がない。それに兄上は自分の力を嫌っている。俺が枯らせてしまった花を再び咲かせてから、二度とその力を使おうとはしなかった。時間を戻すことになんの意味があるのかと言っていたな。……命を奪うという意味では、俺も兄の魔法も、それから炎や水や氷魔法でも、全て同じだと」

「……それは、あの……調理器具も、使い方を間違えれば凶器になるのと同じですね」

同じかしら。

うまく言葉を選べなくて、すごく間抜けなことを言ってしまった気がする。

でも、フライパンで殴ったら、多分、騎士団長のルシアンさんだって怪我をするだろうし。使い方が大切、という話よね。

「調理器具も……そうだな。そうかもしれない。今は公爵家の両親を脅して黙らせている。俺の行動に文句があるのなら、呪われた魔法でその命を奪うこともやぶさかではないと言ってな。リディア……お前は、俺の力が恐ろしいと言って泣いたりはしないのか？」

「ロクサス様は攫った女に侍女服を着せる変わったご趣味があるので、それはちょっとは怖いですけど……」

「そのような趣味はない……！」

「だって、私のこの格好見て、嬉しそうにしてましたし……」

「それは、か、……っ、なんでもない」

「か……」

か、とは、何かしら。

よくわからないわね。私はタコの茹で汁の残ったお鍋の中に、ポイポイと玉ねぎやトマトを放り込みながら首を傾げる。

それからタコを揚げ焼きにしたフライパンで、残りのオリーブオイルをもう一度温めて、残りのタコ足を塩胡椒をして焼いていく。

「魔法、すごいって思いますけど、怖いって思いません。シエル様もすごい魔法を使えますけれど、優しいですし。ロクサス様も、できれば煮込み料理を作るときはいてくださると嬉しいなって思います」

「そうか……シエルは、もしかして、恋人なのか」

「こ、恋人……！　違います、お友達です」

私と恋人だと勘違いされるなんて、シエル様に失礼だわ。私たちはお友達だ。

「そ、そうか……」

ロクサス様は何度か、そうか、と繰り返した。

「……お前に苛立ちをぶつけて悪かった。本当に」

私は「もう大丈夫です」と言って、ロクサス様に微笑んだ。ロクサス様は何故か慌てたように視線をそらした。

ともかく今は、レイル様に少しだけでも食事をとってほしい。ロクサス様の願いが——叶(かな)って欲しいと思う。

——もし女神アレクサンドリア様が白い月から私を見ているのなら。力を貸してほしい。

玉ねぎとトマトを入れて沸騰したタコスープに、くるくると溶き卵を入れていく。卵がふんわりスープの中で花のように開いていく。

お塩で味を整えて、スープ皿に入れる。それから、いい感じに柔らかく煮えたタコのリゾットをよそって、パセリを散らす。柔らか煮込みは深めの器に、タコの唐揚げは小さめの皿に盛り付ける。

一本足グリルをお皿に置いて、こちらも彩りでパセリを散らした。

「ロクサス様、お話をしている間にできました！　ロクサス様の気持ちがこもった病気の方にも優しい柔らかタコのリゾットと、タコの出し汁満点スープ、タコの柔らか煮込みにタコの唐揚げ、かまなくても食べられちゃう一本足グリルです」

「リディア……長い、覚えられない」

「確かに長いので、全部ひっくるめて、栄養たっぷりタコの満漢全席です！」

新鮮なタコさんは、お料理へと姿を変えた。

タコを全て使い切った満漢全席。とっても美味しそう！

◆タコ満漢全席における癒やしの効果

トレイに載せたタコの満漢全席を、私はレイル様のお部屋まで運んだ。

ロクサス様が何度か自分が持つと言ってくれたのだけれど、廊下で派手に転ぶとか、手を滑らせてトレイを落としかねないと判断した私は、ロクサス様の申し出を丁重に断らせていただいた。

レイル様のお部屋に入ると、レイル様は最後に見た時と同じように、クッションに体を埋めて上体を起こして、窓の外を見つめていた。

「兄上、リディアが料理を作ってくれた。タコの満漢全席だそうだ」

ロクサス様が声をかけると、レイル様はこちらに視線を向けた。

その瞳はどこか虚ろで、今にも白の月に登っていってしまいそうなほどに、どこか希薄さを感じる。

ベッドサイドに置けるテーブルを、ロクサス様が持ってきてくれる。その上に私は満漢全席の乗ったトレイを置いて、テーブルクロスがわりに白いランチマットを敷くと、お料理を盛り付けた皿と、カトラリーを並べていく。

「……タコ……？」

レイル様はお料理を一瞥すると、不思議そうに呟いた。

「タコです、レイル様、タコです。その……つい、小一時間前は私に絡みついて離れようとしなかった、新鮮なタコを、かまなくても食べられるぐらいに柔らかく煮込んだのですよ」

「リディアに、絡みついていた、タコ……」

レイル様はタコ料理の数々と私の顔を見比べて、まるで初めて聞いた単語だとでもいうように、

「タコ……」と繰り返した。

「そ、その、あの、美味しいと思うので……一口だけでも、召し上がってくださると、嬉しいです」

「……今まで、粥や果物を食べろと言われたことは、多くあったけれど……タコは、はじめてだな」

「お嫌いでしたか、タコ……？」

「嫌いではないよ。……こうなる前は、なんでも食べた。好き嫌いなどは、なかったのだけれど……」

レイル様はすっと、息を吸い込んで、深く息をついた。

侍女の方が挨拶と共に水差しとグラスを持ってきて、グラスにレモン水を入れてテーブルに置くと礼をして下がっていく。

「兄上。ほんの少しでもいい。食べてくれないか。リディアが兄上のため、懸命に作ってくれたんだ」

「……そう、だね。……なにも、口をつけないというのは、失礼なことだよね」

ロクサス様の言葉にレイル様は頷くと、クッションに深く委ねている体を起こして、ベッドサイドに座ろうとする。けれどすぐにふらついて倒れそうになるのを、ロクサス様が慌てて支えた。

「すまない。……食べたいのだけれど、体にも、手にも、もう力が入らなくて」

「リディア。俺が兄上を支えている。少し手伝ってくれるか」

「は、はい……」

ベッドサイドにロクサス様はレイル様を抱えるようにして、並んで座った。

本当は寝かせてあげていたいけれど、レイル様がせっかく食べると言ってくれているのだもの。

今を逃すわけにはいかないわよね。

私はレイル様の傍(そば)に行って、スプーンを手にした。

唇が乾いているからと思い、まずはタコと卵のスープをひと匙すくって、レイル様の口元に持っていく。

胸の鼓動が早くなる。

「――女神アレクサンドリア様、どうかレイル様のご病気を癒やしてください。せめて、お食事が食べられるように」

自然と、祈りの言葉を口にしていた。

私もレスト神官家の血をひいている。だから、力を貸して欲しい。

――ロクサス様から、レイル様を奪わないで欲しい。

「……ん」

スプーンを唇につけると、レイル様は軽く唇を開いて、スープを一口飲んだ。

唇や舌を湿らせる程度の量だったけれど、ほんの少しでも味を感じてくれたら、嬉しい。

「……美味しい」

わずかばかり、レイル様の瞳に生気が戻ったような気がした。

くすんだ金の瞳が、私を見上げる。

「リディア。……美味しい。何かを美味しいと思ったのは、……いつぶり、かな」

「兄上……味がついたものを食べるのは、数日ぶりだ。……よかった」

ロクサス様が静かな口調で、けれど、深い喜びにやや上擦った声で言った。

「もう少し、食べられますか？　気持ち悪くなったり、お腹、痛くなっていませんか？」

「大丈夫。……リディア。もう少し、食べさせてくれるかな」

「は、はい……！」

私は今度は柔らかタコのリゾットをスプーンですくった。

ほんの一口、レイル様の開いた口に入れる。

レイル様はぱくりとリゾットを口の中に入れて、軽く数回咀嚼してから、こくんと飲み込んだ。

「……柔らかくて、美味しい。タコの味もすごくする。海の味がする。塩の味がして、それから、甘くて、優しい」

「美味しいなら、よかったです……」

食べてくれた。レイル様が、美味しいって言ってくれた。

嬉しくて、口元が綻ぶ。

もう全ての覚悟を決めているように見えたレイル様が、ご飯を美味しいと言ってくれた。本当に
――嬉しい。

「不思議だね。……もっと食べたいと、思ってしまう」

「食べてくれ、兄上。食べられるのなら、できる限り」

「たくさんあります、レイル様。食べられるだけでいいから、召し上がってください」

頷くレイル様の口に、私はリゾットを運ぶ。

ゆっくりと咀嚼し飲み込むたびに、レイル様の青白かった頬が、血が通ったように薔薇色に薄く色づいていく。

リゾットを全て食べ終える頃には、レイル様の瞳は、虚な金色から、冴え冴えとした月の光のような、美しい金色へと変わっていた。

どこか遠くを見つめていたような瞳孔が、私をしっかりと見つめた。

「――奇跡、みたいだ。……食べるほどに、体に力が戻ってくる。靄がかかっていたような頭も、視界も、他人の皮をかぶっていたような、倦怠感に付き纏われていた体も……自分のものに、戻った、ような」

「兄上……！」

「レイル様……」

ご病気についてはよくわからないけれど、ともかくレイル様がロクサス様の想いがこもったタコリゾットを、ほとんど全て召し上がってくださったのが嬉しい。

じわりと涙が目尻に滲んだ。嬉しくて、気を抜くと嗚咽をあげて泣いてしまいそうだった。私がそんな風に泣いたらきっと心配されてしまう。せっかくレイル様がご飯を食べてくれているのに。

私は、目尻を手の甲でごしごし擦った。

レイル様はタコのリゾットを全てと、柔らか煮込みを半分、一本足グリルを半分とタコスープを全部。タコの唐揚げを一つ食べた。

そんなにたくさん食べたら、空腹の胃によくないのではないかしらと思うぐらいに、よく食べた。

「レイル様、あんまり食べたら、お腹が痛くなるんじゃ……」

「大丈夫。元気な時は、私は勇者を目指していて……そのためには野宿も必要だと思って、なんでもよく食べたんだよ。内臓は丈夫な方だとずっと思っていたのだけれど、何かに呪われるようにして、白月病にかかってしまって」

心配になって私が尋ねると、レイル様ははりのある声で教えてくれる。

支えなくても、レイル様はもう座ることができる。ロクサス様はレイル様の傍から離れて、嬉しそうにその姿を見つめていた。

「兄上、もう体は辛くないのか？」

「あぁ。嘘みたいにすっきりしている。今すぐ走り回りたいぐらいに」

「病は癒えたかもしれないが、失った体力がすぐにもどるわけじゃない。走り回るのはまた今度にしてくれ」

「そうだね。でも……立つことはできそうだ」

レイル様は両手を組んで「ごちそうさま、リディア。ありがとう」と、食事のあとの挨拶をしてくれた。

それから思いのほか力強い足取りで立ち上がると、一歩離れたところにいる私の前までやってくる。

白い病衣に身を包んだレイル様の髪は、元気そうになったものの白いままだった。けれど青白い頬や腕は、それでもロクサス様より白いけれど、血色を取り戻している。

「自分の足で立てているよ、リディア！　ふらつきもしない、眩暈もない。薄い膜が一枚、私と世界の間に張られているような、違和感もない」

「レイル様、よかったです……」

私は嬉しそうなレイル様を見上げて、微笑んだ。

よかった。本当に——よかった。

私の料理に病を癒やす力が宿ったのだとしたら、それはアレクサンドリア様に祈りが届いたからかもしれない。

フランソワだけじゃなくて、私もレスト神官家の娘。だから今だけ、力を貸そうと思ってくれたのかもしれない。

「うん。虫の羽音もしない。耳鳴りのようにいつも響いていたんだ。けれどその音もやんだ。ロクサスと、リディアのおかげだ」

「虫の羽音……？」

「あぁ。病だと分かる前、虫の羽音が頭の奥で響きだして……うるさくて眠れなくて、頭がおかしくなりそうだった。それから……徐々に体から命が抜けていくように、気力も体力もなくなってしまって」

「――白月病の患者の多くは、虫の羽音が頭で響くと言っている」

レイル様の言葉を、ロクサス様が補足してくれる。私はよく知らなかったので、小さく頷いた。

「でも、リディア。君が私を、癒やしてくれた。……勇者は姫君を助けるものだけれど、助けられてしまったね」

仮面の勇者と暗黒竜のお話では、悪い竜が姫君を攫って、勇者がそれを救っていた。でも、私は姫君じゃない。

「い、いえ、私、料理を作っただけなので……」

「謙虚なんだね、リディア。自分の力を驕らない。優しい、私の姫君」

レイル様は私の手にそっと触れる。それから両手で包み込むようにして握りしめると、ぐい、と引いた。

「ぅわ……っ」

「ふふ、見て、ロクサス！　すっかり元気だよ、私は。姫君を抱き上げることもできる！」

レイル様は私を軽々と抱き上げた。まるで本当にお姫様みたいに抱き上げられた私は、びっくりして目を見開く。

「兄上、病み上がりだ。あまりはしゃぐな」

「嬉しくて、つい。リディア、私の姫君、ありがとう！　ロクサスが強引に連れてきたのではないかと心配していたけれど……今は、感謝しかないよ」

「は、はい、あの、分かりました、分かりましたので、降ろしてください……っ」

「そうだ、このまま風にあたりにいこう。ずっとここで、窓の外をみるばかりだったから。風にあたりたい。それから陽の光も、青い空も白い雲も、硝子ごしじゃなく、見たい」

「レイル様……っ」

儚げな印象だったのだけれど、勇者を目指していただけあって、レイル様はなんていうか、自由奔放なのね……。

ロクサス様の言うことをまるできかないで、嬉しそうに私を抱き上げたまま、部屋から出て階段をあがっていく。溜息交じりにロクサス様が後ろをついてくる。

レイル様の体はまだ細くて、私ってすごく重いんじゃないのかしらって心配になるぐらいなのだけれど。気にした様子もなく、屋上まで私を運んだ。

屋上から見える空はどこまでも青くて、柔らかい陽射しが降り注いでいる。もうすぐ夕方だと思うけれど、夏は明るい時間が長い。まだ夕日が落ちるには少し早いみたいだ。

頬に当たる風は涼しくて、眼下にはよく手入れされている公爵家の広大なお庭が広がっていた。

貴族街は高台にある。南地区の港や海も、遠くに見ることができた。

「空だよ、海もある。風も心地いいね。ロクサスと姫君とこんな景色を見ることができるなんて、私は幸せだよ」

「……兄上……よかった」

「レイル様、私、重たいので降ろしてください……」

「姫君は羽のように軽い。まるでなにも持っていないように軽いから、大丈夫」

「わ、私が大丈夫じゃないので……！」

重たいのよ、私。もしかしたら今のレイル様より体重があるかもしれない。

恐縮する私を見かねたように、ロクサス様がレイル様の腕から持ち上げるようにして、私を屋上に降ろしてくれた。

風が侍女服のエプロンや髪を靡(なび)かせる。

落ち着いて眺めると、公爵家の屋上から見る街の景色は、空が近くて海もきらきらと輝いていて、凄く綺麗。

港の桟橋に、くじら一号とヒョウモン君の姿が小さく見える気がしたし、ヒョウモン君が手を振ってくれている気がしたけれど、気のせいかもしれない。

屋上の手すりに手をついて、空に身を乗り出すようにして、レイル様が熱心に景色を見つめている。

ロクサス様は心配そうに、レイル様のそんな姿を見ていた。

「ロクサスはもう気づいていたと思うけれどね、私はずっと、死にたかったんだよ、姫君」

きらきらと輝く金色の瞳で街をみつめながら、ぽつりとレイル様は言った。

私は、あまりの言葉に身を竦(すく)ませる。

――死にたい、なんて。

そんなこと、誰かの口からきいたのは、はじめてだ。

その言葉は、痛くて、とても苦しい。

「ジラール公爵家のことは、もう聞いたかな。両親は、平等な人たちではなかった。ロクサスはいつも肩身の狭い思いをしていてね。……私のせいで」

「俺は気にしていない」

「私が気にしているんだ。私がいなければ、ロクサスは辛い思いをしなくてすむと、ずっと思っていた。勇者に――それは無理でも、冒険者になってどこか遠くに行きたいと願ったし、病に侵されてからは……少しだけ、そのことを、僥倖だと思っていた」

「……どうして、です……？」

ロクサス様はレイル様に生きて欲しいと願っていたのに。レイル様の言葉は、残酷なのではないかしら。

「病に侵された私は、公爵家では無用の存在だ。ロクサスが公爵家を継いで、皆に大切にしてもらえる。このまま私は、死にたい。いなくなりたい。私が生きれば生きるほど、ロクサスは苦しむのだからと……そう、思っていた」

「……そんなことは、知っていた。だが、俺は……」

「本当は争いを嫌う優しい性格をしているのに、両親を脅して、レスト神官家の娘と婚約をして……毎日苛立っていたね、ロクサス。姫君のこと……リディアのことが気がかりだと、いつも言っていた」

「ロクサス様……」

ロクサス様を見上げると、慌てたように視線をそらされた。

「そ、それは……っ、レスト神官家でのあのような扱いを見たら、誰でもそう思うだろう……！」

私はロクサス様をじいっとひたすらに見つめてみたけれど、視線がまるであわなかった。

「ロクサス様、本当にずっと心配してくださっていたのですね、ありがとうございます」

「い、いや……」

「……私、身に覚えはないのですけれど、フランソワのことを出自について貶めて、虐げたって、思われていたみたいで、だからロクサス様にも嫌われているとばかり思っていました」

「あれはあの女が、自分で言いふらしていただけだろう。レスト神官家では、お前は十分な食事も与えられず、使用人と同じような服を着て、食事の席に同席することも許されていなかった。……神官長はお前をいない者として扱い、あの女のお前を哀れむ言葉は、すべて貶めるものと同義だった」

「……私、少し、ほっとしました。皆が私を、悪女って思っているのかなって思っていたので」

「どうして、君のような愛らしい姫君を、悪女だと思うのだろうね」

レイル様が本当に不思議そうに、私を見つめて言う。

長く白い睫毛に縁取られた金色の瞳は、レイル様が先程口にした言葉なんてまるで聞き間違いだったみたいに、輝きに満ちている。

「レイル様……そ、その、姫君っていうのは、やめてほしいです……」

すごく、恥ずかしい。

今の私は食堂の料理人だし、今は服装も相まって、ジラール家の使用人にしか見えないのに。

「姫君は、姫君だよ。私はいつか勇者になって、悪い竜から姫君を助けるのが夢だったんだ。私は生きているから、その夢はこれから叶うかもしれない」

「兄上、それはできない。兄上の病気が治れば、ジラール家を継ぐのは兄上だ」

「じゃあ、病気、治っていないことにしておこうか。ロクサスだって公爵家に帰るより、ここにいたいだろう。もうしばらく聖都に。姫君の顔も見たいだろうし」

「そ、そんなことは、ないが……」

「私は、見たいよ。この通り私は元気にはなったけれど、やせ細ってしまったし、体力もそこまで回復したわけじゃない。私には姫君の料理が必要だと思うんだ」

レイル様は空に手を翳した。その手首は細く、指も骨ばかりが目立つ。

「私はずっと、死にたいと思っていたけれど――今は、ロクサスと姫君のおかげで、そんな風には思わない。できれば生きたいと思うよ。強くなって、誰よりも強くなって、今度は私が姫君とロクサスを守れるように」

「あの、私、ただの食堂の料理人なので、守ってもらうことはそんなにないと思うのですけれど……」

「大衆食堂悪役令嬢だよね、知っているよ」

「大衆食堂ロベリアです！」

レイル様にまで、私の悪評が届いていたのね。思わず大きな声を出してしまったわ。

病み上がりの方に大声をだすとか、駄目よね。でも、私のお店、大衆食堂ロベリアなのに。可愛いのに。

「……お前の居場所を探すために、街の者たちに食堂について聞いて回った。誰もかれもが大衆食堂悪役令嬢と言っていた。自分でそんな名前を付けるとは、自虐もいいところだと思っていたのだがな」

ロクサス様が少し困ったように言った。

「可愛くない方の名前が広まっている……ロクサス様にはロベリアってちゃんと言いました、私」

「そうだったな」

「姫君は可愛いから、大衆食堂悪役令嬢も可愛いと思うのだけれど」

「大衆食堂ロベリアです、可愛いんです……」

「可愛いよ。だから、姫君。また、私のために食事を作ってくれるだろうか。姫君の食堂に通えば、いつかのように私は強くたくましくなれると思うんだ。そうしたら、冒険者になろうと思うよ、勇者を目指して、ね」

にこやかにレイル様が言った。ロクサス様が静かに首を振る。

「兄上、もう一度言うが、兄上には公爵家を継ぐという役割が……」

「元気になったとしても、白月病に一度かかった私の子を産みたいと思う者はいないだろうし、そもそも子をなせるかすらわからない。私が公爵家を継ぐことを歓迎する者は誰もいない。私の血に、病の因子があるかもしれないのだからね」

「だが……！」

「もうしばらくは病と伝え、そのうち私は死んだということにすればいい。公爵家にとってはその方が都合がいいだろう。ロクサス、お前は優秀だよ。私よりもずっと。……いい家だとは思わないけれど、領民たちもいる。跡継ぎは必要だ」

レイル様はそこまで言うと、どこか遠くの世界を見るように、眼下の街並みに視線を向けた。

「ここで、お前や使用人たちから外の話を聞く生活をずっと続けていて……どうにも、違和感がするんだ。フランソワというプードルのような名前の女を、殿下は見初めたのだよね。私の愛らしい姫君を捨ててまで」

レイル様もロクサス様と同じようなことを言った。フランソワの顔を思い出そうとすると、プードルが思い浮びそうになるわね。

「あぁ。そうだ。……殿下は、あの女に騙されているのではないだろうか」

「ゼーレ国王陛下は、皆に平等で正しい判断を行うことのできる、聖人だよ。殿下はその血を引き継いでいる優秀な方だった。私たちとも仲がよかっただろう、昔は。あの殿下が、騙されるかな。ロクサスが醜悪だと感じた女に、誑(たぶら)かされたりするだろうか」

「それはわからない。あの女のレスト神官家での姿を、殿下は見ていないという可能性もある」

「まぁ、もう手遅れかもしれないけれど。婚約は為(な)されて、婚姻の誓いを立てれば、晴れてフランソワは王妃だ。……そうなったとき、この国はまともなままでいられるだろうか」

レイル様の言葉に、冷たい物が背中を滑り落ちるのを感じた。

シエル様の話を思い出す。かつてこの国の人々は宝石人を差別していて、宝石を乱獲するために、宝石人を捕まえて、その体を穿(うが)ったのだという。

今はゼーレ様がそれを禁じているけれど。でも——レスト神官家でのお父様の言葉が絶対だったように、この国では国王陛下の言葉は絶対だ。

もしフランソワがステファン様に何かを諭して、差別の時代がもう一度訪れてしまったら。

「……怖がらせてすまないね、姫君。悪いことが起こらないといいのだけれど。ジラール公爵家は国王陛下に意見できる立場の家だ。権力というのは時として、大きな力になる」

「だから、俺に公爵家を継げ、と」

「現状では、それが最善だよ。私は五年も寝込んでいて、学園に通うことすらできなかった。公爵家では私は死んだものとされているし、私もそれでいいと思っている。私はこの国を巡って色々なものを見て、お前の助けになりたい」

「兄上……」

「もう少し先の話だよ。まだ私には時間が必要だ。ロクサスも姫君とこれでお別れというのは嫌だろうし。それにね、姫君が聖女だとして――フランソワは一体何なんだろうと、疑問に思っている」

「ただの詐欺師だろう」

ロクサス様は冷たくそう言い捨てた。フランソワの婚約者時代のロクサス様とはまるで別人みたいだ。

「……あ、あの」

大人しく二人の話を聞いていた私は、心配になってレイル様を見上げる。

「レイル様は素敵な方だと思います……だから、ご病気のせいで結婚できないなんて、そんなことは……」

「ありがとう、姫君。それでは、姫君が私と結婚してくれる？」

「え、あ、その、あの……」

「冗談だよ。でも勇者というのは姫君と結婚して幸せに暮らすものだから……いつか、ね」

「私、食堂の料理人なので……レイル様のお姫様は、どこか他の場所にいますよ、きっと」

「私は、リディアがいい」

「……あぅ」

私はなんだかいたたまれない気持ちになって、俯いた。

恥ずかしい。すごく、恥ずかしい。

レイル様、十五歳からずっとお部屋で療養を続けていたから、気持ちがとっても純粋なのだわ。

真っ直ぐな好意を向けてくださるのが、心苦しい。たまたま私のご飯を食べたら元気になっただけなのに。

「兄上。……そろそろ部屋に戻ろう。もうすぐ日が落ちる。暗くなる前にリディアを家に送りたい」

「泊まっていけばいいのに」

「シエル・ヴァーミリオンはリディアの友人だという。不在に気づき俺が攫ったと分かれば、厄介なことになりかねない」

「確かにそれは大変だ」

シエル様は怒ったりしないと思うけれど、心配はしてくれるかもしれない。厄介なこととは何かしら。ジラール公爵家に、私を助けるために乗り込んできてくれる、とか。

そうなるとなんだか本当に攫われたお姫様みたいね、私。ロクサス様が悪い竜。シエル様は——

あんまり、勇者という感じはしない。勇者は剣を持っているイメージだからかしら。

シエル様の二つ名は、幽玄の魔王だし。魔王とは別の勇者の出てくる童話の中では、勇者の敵だもの。

「姫君、今日はありがとう。本当に感謝している。――私は君のおかげで、今日も明日も、生きていられる」

レイル様は私の手を優しく握って、微笑んだ。

私は小さく頷いた。レイル様が元気になってよかったと思う。そう思うけれど――でも、心配だ。

レイル様の病は本当に癒えたのだろうか。

今はそれを口にすることはとてもできない。レイル様もロクサス様も、とても嬉しそうだから。不安な顔も、しないようにした。

そうして私は、レイル様に別れを告げて、連れられてきたときと同じように、ジラール家の馬車で南地区に戻った。

食材がまだ残っている背負いカゴを持って、侍女服のままで。

◆誤解と心配

私のお店のある路地は細いので馬車は入ることができない。それなのでロクサス様にお願いして、少し離れた広場で降ろしてもらった。

「リディア。今日は、本当に……その、ありがとう。お前のおかげで、兄上は救われた。……俺も」

馬車を降りる前にロクサス様にお礼を言われて、私は首を振る。

「いえ、私、料理をしただけで……」

「その料理に、癒やしの力が宿っているのだろう。女神アレクサンドリアの加護。女神の奇跡だ」

「そんなこと、ないと思いますけれど……」

ロクサス様は、使わなかったひじきとかお味噌とか、油揚げとかお野菜などの入っている背負いカゴを肩に背負って、先に馬車から降りると、私に手を差し伸べてエスコートしてくれる。

私は戸惑いながらもそれを受け入れた。繊細さのある長い指を持った大きな手のひらに自分のそれを重ねる。

馬車から降りるのを、こうしてエスコートしていただいたのは、いつ以来かしら。

ステファン様の婚約者になって半年ぐらいは、ステファン様のお迎えでお城に行くときは必ず、手を繋いでくださっていたわね。懐かしいわね。

「リディア。……お前の料理には、癒やしの力がある。兄上の姿を見ただろう」

「でも、ロクサス様。私には魔力がないんです……」

「お前に魔力がないと、誰が言ったんだ」

「お父様が……物心ついた時に貴族の方々は、魔力診断を行いますよね。そこで……」

「魔力がないわけではなく、魔力の発動の仕方が、限定されているだけかもしれない。料理にしか発現しなかったから、誰も気づかなかったのではないか、今まで」

「よくわからないです……」

ロクサス様が熱心に私を見つめてくるので、私は俯いた。

貴族の方々は基本的に幼い頃に聖都の大神殿で魔力診断を行う。それから王国民の中でも希望者などは、神殿で魔力診断を受けることができる。魔力量を測るとともに、どの属性が得意なのか、特殊魔法の力があるかどうかを調べるものだ。

物心ついた時に私もお父様に連れられて、水鏡の診断を行った。その時にはもうお母様は亡くなられていたように思う。

水鏡に手を入れた時に色が変わらなかった私に、お父様は「お前には魔力がないのだ」と淡々と言っていた。

そこでお父様は私に失望したのかもしれない。それからほどなくして、フランソワと義理のお母様が神官家に現れたのだから。

「水鏡の診断で水の色、変わらなかったのです。魔力があったら、反応していたはずなのに」

「水鏡に何か不具合があったのかもしれない。お前は、聖女だ、リディア。……俺は……その……お前はもっと、自信を持っていいと思っている」

「ありがとうございます。でも私、料理が美味しいって言ってもらえるだけで、十分で……」

「白月病の患者は、兄上だけではない。王都にも、この国にも、もっと患者がいる。多くは家に隠されていたり、家人が面倒を見切れずに、療養施設に送られている。街で見かけることはないとは思うが」

「……はい」

心のどこかで、分かっていたことだ。

病に苦しんでいる方は、レイル様だけではないのだろうと。

私に——何が、できるのだろう。本当に私に、病を癒やす力があるのだろうか。

「リディア。女神アレクサンドリアの加護は、お前にある」

うつむく私の両手を、ロクサス様が握りしめる。

私はそこではっとして、あたりをきょろきょろと見渡した。

もうすぐ夕暮れ時の、大衆食堂ロベリアに近い広場には、多くの人が行き来をしている。

みんななんだか申し訳なさそうに、かなりの幅をとっている馬車の真前で両手を握り合っている私たちを、避けて通っている。

私は赤くなったり青くなったりした。公衆の面前で、手を握り合って見つめ合う迷惑な恋人みたいだ。恋人じゃないけど。

「ろ、ロクサス様、離してください……！」

「そ、そんなに嫌か、それは悪かったな……！」

私が手をぶんぶん振ると、ロクサス様は苛立たしげに両手を私から離した。

私はロクサス様から背負いカゴを受け取った。別にロクサス様が嫌いとかそういうことではないのだけれど、街の真ん中で手を握り合うのはどうかと思うの。

恋人とかじゃないし。恋人だったらまだ許されるのだろうけれど。

「リディア。謝礼だ。受け取れ」

「ありがとうございます……」

ロクサス様は最後に、ずっしり重たい袋を私にくれた。中に金貨の感触がある。

「お、多すぎませんか……！」

「服も汚して、時間も食材も使ってもらい、誘拐までした。慰謝料と思え」

「もう怒ってませんけど……」

「ともかく受け取れ」

それはもう沢山金貨が入っていそうな袋をロクサス様に返そうとする私と、私に金貨の袋を押しつけようとするロクサス様。しばらくぐいぐい袋を押しつけ合っていると「リディア！」「リディア……！」と、聞いたことのある声が私の名前を呼んだ。

「リディア、無事か!?」

「大丈夫だった、リディア!?　大貴族様に攫われたかもしれないってルシアンさんが言うから、俺もリディアを助けなきゃってルシアンさんと一緒に来たんだけど、会えてよかった……！」

私たちに駆け寄ってきたのは、ルシアンさんとシャノンだった。

ルシアンさんは私たちの様子を見て、訝しげに眉をひそめた。

「殿下が、リディアがジラール家の馬車に乗っていたような気がすると言っていたから心配して見に来てみれば、本当にリディアを攫ったのですね、ロクサス様。一体どんな状況なのですか」

「どうしてリディアはそんな格好をしているの？　まさか、無理矢理着替えさせられたんじゃ……」

シャノンが私をまじまじと見つめた後、とても心配そうに言った。

そういえば私は今、ジラール家の侍女服を着ているのよね。そしてロクサス様にお金を押しつけられようとしている。確かに何だこの状況、っていう感じよね。

「攫った女性に無理矢理侍女服を着せて連れ回した挙げ句、金を渡す趣味があるのですか、ロクサス様」

「貴族様のことはよくわからないけど、それってかなり、変態なんじゃ……」

私を背後に隠すようにしながらルシアンさんがロクサス様を咎めるように言って、シャノンが半眼でロクサス様を睨んだ。

「そんな趣味はない。色々事情があるんだ、こちらにも。……そういえば、ジラール家に向かう途中に馬車の中から殿下を見た気がするな。リディアはお前に助けを求めていたな、ルシアン」

「そうだったのか……すまない、リディア。気づくことができず。私の名を呼んでいてくれたんだな。怖かっただろう」

「もう大丈夫です。そういえばステファン様と、目が合った気がしましたね……」

「孤児院の視察中だった。私やレオンズロアの者たちは、殿下とフランソワ様の警護をしていた。走り去る馬車にまでは注意がいかなかったな、すまなかった」

ルシアンさんが本当に申し訳なさそうにするので、私は首を振った。

もう全部終わったし、あとはお家に帰るだけなので大丈夫だ。心配して来てくれたのは嬉しいけれど。

「リディア、俺も、ごめんね。でも、無事に帰ってきてくれて本当によかった」

「シャノンは気にしないでいいんですよ。そんなことより、お勉強のほうが大切です」

「うん……今日は、リディアのことを虐めたやつらが来ていたけれど、大人しくしていた。ちゃんといい子にしていたよ。ね、ルシアンさん」

「いつ余計なことを言い出すかと思って冷や冷やしていたが、そうだな。とてもいい子にしてくれていた。助かる」

そういえば今日はフランソワたちはシャノンのいる孤児院に視察に行くと、ルシアンさんが朝、言っていたわね。その警護をしなければいけないから、気が重いって。

「褒めて、リディア」

「えらいですね、シャノン、シャノン」

得意気に言うシャノンが可愛らしくて、私はその頭をよしよしと撫でた。

嬉しそうに微笑むのが可愛らしい。少し身長が伸びた気がするけれど、シャノンはまだまだ私よりも小さい。

「……お前たちは一体どういう関係なんだ。まさかルシアンとの間に隠し子がいるのか、リディア……!?」

「いません……！　私、まだ十八歳なんですよ、ロクサス様……！」

「そ、そうだな、それもそうだ」

なんてことを言うのかしら、ロクサス様。そんなわけないのに。

ルシアンさんは微笑んで「私はそれでもいい」と言って、シャノンは嫌そうに頬を膨らませると「俺は嫌だよ、ルシアンさん」と眉を寄せた。私はロクサス様に、シャノンとルシアンさんがロベリアのお客さんであることを簡単に説明した。ロクサス様は納得したように頷いたあと、口を開く。

「しかし、殿下はお前にリディアのことを伝えたのだな、ルシアン。殿下はリディアのことを嫌っているだろう。たとえ馬車で攫われそうになっていても、捨て置くのではないかと思う程に」

「それは確かに。リディアのことを私に伝えた時、殿下は――かつての殿下に、戻っていたような気がします。リディアがジラール家の馬車に乗っていた気がする。気のせいだといいが……と。あの時は、フランソワ様はシャノンたちの授業を見学していて、殿下とは別の部屋にいました。フランソワ様がすぐに殿下の傍にきて、殿下はいつもの様子に」

「殿下と俺は、幼馴染み（おさななじ）だ。幼い頃は面倒なほどに世話焼きで少々心配性なところもある、優しい方だった。それが、あの女と出会ってから別人のようになった。恋は人を変えるというが、それにしても、だ」

「ゼーレ王が倒れたということもあるのでしょう。……殿下はまだ若い。けれどゼーレ王が倒れたからには王になる必要がある。重圧が殿下を変えてしまったのか。それとも恋が変えたのか」

「どのみち、殿下は変わってしまった。だが――リディアを気遣う優しさも、まだ残っているのか……」

「そのようですね。私も少々驚きました。ですが、殿下の即位も近いでしょう。フランソワ様との婚姻の儀式の準備も王宮では進んでいます。あまりいい状況とは思えません」

ロクサス様とルシアンさんの会話に、シャノンが口を挟んだ。

「……それ、リディアの前で話す必要、ある？」

「あぁ、それもそうだな、シャノン」

ルシアンさんは小さく溜息をついた。

なんとなく、元気がない。今日もずっとフランソワたちの警護だったから、疲れてしまったのかしら。

あぁ、でも――ステファン様が攫われる私に気づいて、ルシアンさんにそれを伝えてくれたというのは、少し嬉しい気がした。

「キュ！」

夕焼けが茜色に世界を照らしはじめている。茜色に染まる路地裏に続く道を、尻尾を振りながら軽やかにメルルが駆けてくる。メルルは家でお留守番をしてくれていた。お迎えに来てくれたのかしら。

シャノンが「メルル！」と言って、その小さな体を抱き上げた。楽しそうにメルルとじゃれるシャノンを眺めながら、ロクサス様が「――それではな、リディア」と言って、私の持っている背負いカゴに金貨の袋を強引に入れた。こうなったらもう、貰うしかない。

怖いくらいに大金だけれど、貰わないとロクサス様は納得してくれないだろうし。

「あの、ロクサス様……！」

私は馬車に乗り込もうとするロクサス様を引き留めた。

「お暇なときは、来てください。ロクサス様が嫌でなければ、一緒に煮込み料理を作りたいのです……」

広場で手を握り合うのはよくないけれど、煮込み料理はぜひ一緒に作りたい。

「そ、そうか……仕方ないな」

「嫌だったら、いいですけど。無理にとは言いませんけれど……」

「嫌ではない。分かった、リディア。用がある日以外は、顔を出そう」

「はい！　ありがとうございます」

そこまで頻繁に来なくてもいいのだけれど。でも、ロクサス様がいると捗るわね。料理が捗る。

煮込み料理を美味しく作れることが嬉しくて、私はにこにこしながらお礼を言った。

ロクサス様は慌てたように私から視線を逸らして、馬車に乗り込んだ。

「何があったかは、また後日教えてくれ、リディア。君は無事だった。それが分かってよかった」

「心配してくれてありがとうございます、ルシアンさん、シャノン。二人も今日は、お疲れ様でした。大変だったでしょう？」

「大変だったよ、リディア。俺、あの女嫌い。にこにこいい人そうに振る舞ってたけど、リディアを虐めたんだよね？　性格、悪い。でも我慢した。お前なんか聖女じゃないって、言ってやりたかった」

「シャノン、我慢して偉かったですね。私も偶然ステファン様に王宮で会ってしまったときに酷いことを言われて腹が立って、大嫌いって言ってしまって……シエル様に駄目だと言われました。相手は王族だから、と。だから我慢できたシャノンは、私よりもずっと偉いです」

「リディアも気をつけなきゃ駄目だよ。リディアは皆に優しいから、今日だって攫われたのに平気な顔をしているし……」

「気をつけますね、シャノン。本当は、今日は孤児院から出ることができない日なのに、こんな時間に来てくれてありがとうございます」

「うん……本当は早く孤児院から出て自由になりたいんだけど、ルシアンさんやノクトさんが、騎士団に入るためには孤児院で基礎学習をきちんと受けなければいけないって言うから。せっかくいい環境にいるんだから、無駄にしたらいけないって」

シャノンは少し大人びた口調で「今まで迷惑をかけたシスターたちにも、俺が変わった所を見せなきゃね」と言った。

「家まで送ろうか、リディア」

「大丈夫です。ロベリアはすぐそこですし、ルシアンさんはシャノンを孤児院に連れて行ってあげてください。シャノンの方が、私よりも小さいんですから」

私はルシアンさんの申し出を断った。

ロベリアまでは歩いて数分もかからない。わざわざ送って貰わなくてもいい気がする。

「そうか、分かった。君も色々あったようだな。疲れただろう。私たちがついていくとかえって気をつかわせてしまうかもしれない。帰ろう、シャノン」

「子供扱いしないでって言いたいけど、俺はまだ子供だったね。リーヴィスさんが無理して大人になるなって言うから、そうすることにした。リディアとメルルに会えて嬉しかったよ、また来るね」

私はルシアンさんたちともお別れをすると、メルルと一緒に帰路についた。

途中で、いつものように店先でアロマ煙草（たばこ）を吸っているマーガレットさんとすれ違った。

「おかえり、リディアちゃん。今回の誘拐はどうだった？」

「マーガレットさん、帰りました。どうもこうも、見ていたんだから助けてください」

「あんたを連れて行ったの、ロクサス・ジラールって見ればわかるし。ジラール家の刻魔法の双子。いい出会いね」

「いい出会い……」

「多分ね。でも、さっきのあんたたちを遠くから見てたんだけど……メイド服を着せて女の子を連れ回して最後にお金を渡す金持ちの道楽眼鏡に見えたわ。そしてそんな不審者を咎める騎士のルシアンに見えたわね。ざわついていたわよ。それはもう、皆ざわついていたわよ」

「色々誤解があるみたいです……」

「面白かったわ。遠目に見る限りでは。──ところでリディアちゃん。シエルが少し前に来て、リディアさんの家を訪ねたけれど鍵が開きっぱなしでメルルしかいないんですが、何か知りませんか……とか言ってきたから、大丈夫だから家で留守番でもしてあげなさいって伝えてあるわよ」

「シエル様が……？　か、帰りますね、私。ずっと、待たせてしまったんでしょうか、大変……っ」

私はマーガレットさんにお別れを言うと、慌ててお店に戻った。

お店の中に入ると、お店の中のカウンター席にシエル様が足を組んで座っていた。

幕間✦【不安、欺瞞（ぎまん）、過去からの脱却　変化、新しいはじまり】………

◆The Moon（月）

青い空に、白い鳥と黒い鳥が一羽ずつ飛んでいる。

鳥の向こう側には、不吉な赤い月と神聖な白い月が浮かんでいる。

不吉な黒い鳥も赤い月も、まるで自分のように感じられる。同じ形でありながら、忌避されるもの。

図書室で家庭教師の授業を受けながら、俺はちらりと窓の外を眺めてそんなことを考えていた。

窓の向こう側には、青空と色とりどりの花の咲いている庭園が広がっている。花の名前を、俺はよく知らない。

母上は花が好きらしい。ジラール家には季節ごとに美しく花の咲き乱れる、よく手入れされた広大な庭園がある。それだけでなく温室もあり、こちらは魔石を使用して一年を通して温度が一定に保たれている。寒さに弱い植物たちがのびのびと葉をのばし、花をつけている。

庭園の前にはテーブルセットが置かれていて、母上は昼下がりにいつもそこで紅茶を飲んで過ごしていた。

「レイル、今日もお勉強、頑張ったわね。先生が、レイルのテストは百点満点ばかりだと褒めていたわ。あなたはお母様の誇りよ」

家庭教師の授業が終わると、俺たちの元へ母上が来て言った。

「庭園の前のテラスに、昼食を準備してあるの。レイル、一緒に食べましょう？」

声をかけられた兄上は、教科書やノートを片付けている俺の腕を引っ張る。

「ロクサスも一緒に」

「……そうね、ロクサスも」

露骨に母上の表情が曇った。俺はそれに気づいて「俺は、いいです。部屋に戻ります」と言った。

「ロクサス……」

兄上は悲しそうな表情を浮かべた。けれど兄上は優しいから、母上の誘いも断ったりはできないだろう。

「兄上、では」

俺は二人に軽く頭をさげると、部屋へ向かった。

別に、放っておかれているわけではない。自室はいつも清潔に整えられていて、食事も準備されている。

ただずっと、一人だった。

「……ロクサス、またあとで！」

兄上が俺の背中に話しかけてくる。兄上だけが――俺に、優しい。

物心ついた時から父は兄上の名前しか呼ばず、母は兄上にばかり構っていた。

俺は「出来損ない」「二人に別れて生まれてこなければ、レイルはもっと優秀になったかもしれない」「お前はレイルのスペアだ」と、父に言われていた。

幼いながらに、俺は自分を不用品だと考えて――ならば認められるために兄上の倍学ぼうと考えた。毎日書庫に通い、辞書を開きながら読めない文字を必死に目で追いかけた。

兄上は家庭教師の指導は受けても、それ以外の時間は庭で走り回っているような子供だった。だがそれでも俺よりもずっと、成績がよかった。

才能の差、というものなのだろう。

元々の出来がいいのだ。努力など、何の意味もないと思わされるほどに。

兄上を完璧につくりあげた後に、残ったいらないもので双子の俺が作られたとしか思えない。だとしたら俺など、存在するだけ無駄なのではと考えていた。

それでも、愛されたい。

父に――母に、俺を見て欲しい。

見てくれなくてもいい。一言だけでもいいから「ロクサス、いい子ね」と言われたい。

褒められたい。

一度だけでいい。撫(な)でて欲しい。一度だけで、構わないから。

ずっとそんな風に、考えていた。

部屋に戻った俺は教科書やノートや筆記用具を、机にしまった。

一人で過ごすには不必要なぐらいに立派な部屋だ。ジラール公爵家は裕福な家だ。俺に与えられた部屋は寒々しいぐらいに広く、無駄に広い部屋の中央には踏み台を使用しないと登れないぐらいに大きなベッドが置かれている。

寝室から扉を一枚隔てて続いているリビングルームの、足のつかないソファに座って溜息(ためいき)をつく。

窓の外の庭園では母上と兄上が、楽しく食事をしているのだろう。

兄上は「本当は母上の誘いなど断って、ロクサスと一緒にいたいのだけれどね」と言ってくれる。俺はそれは駄目だと言った。一度それをしたら、母上が泣いたのだ。

俺を優先して、母上を泣かせるのはよくない。俺は兄上のことが好きだが、母上も兄上のことをとても好きなのだ。

それは、分かる。

兄上はいつでも明るく快活で前向きで、太陽みたいな人だ。誰でも、兄上のことを好きになると思う。

窓の外は見たくなかった。少しでも寂しいと思ってしまうのが嫌だった。

俺は少し前に、「顔が同じで見分けがつかない。無用な方は、眼鏡をかけろ」と父に眼鏡を渡された。

はじめの頃こそ慣れなかったが、今は少しいい。眼鏡をかけていた方が、世界を見るときに傷つかなくてすむような気がしている。

ややあって、部屋の扉が叩かれた。返事をすると使用人が入ってきて、テーブルに昼食をセットした。

季節の野菜スープに、パンと、ジラール公爵領の特産品であるハルバラ黒毛牛のヒレステーキ。

食事は――他の家のことを知っているわけではないが、豪華なのだろう。食べきれないぐらいにいつも、準備される。

食事を残すことは、豊かさの象徴らしい。だから、ジラール家では朝昼晩と、三食テーブルに並べきれないぐらいに料理が並ぶ。ほとんど残してしまうのに。

捨てられる料理と自分が重なる。嫌な気持ちになる。

美味しいと思ったことはない。時折両親の目を盗んで兄上が一緒に食べてくれるときだけ、味が分かる気がした。その時だけは食事が楽しい。

それ以外は、いつも胃に押し込むだけだ。残され捨てられる料理はまるで俺のようだから、いつも無理矢理全部、食べきっていた。

使用人が紅茶を淹れ終わると、部屋から下がった。

パタンと扉が閉まり、俺は再び一人になる。一人の部屋は、静かだ。

一人になるとどうして俺は生まれたのだろうと、考えてしまう。兄上一人で十分なのに、どうして双子になってしまったのだろう。俺は、要らないのに。

立ち上がり、食事の用意されているテーブルの椅子に座った。

食事の前の祈りは、一人の時は捧(ささ)げたりなどはしない。神祖テオバルトも、女神アレクサンドリアも、俺には無関係の存在だ。彼らの祝福は、兄上のみにある。

俺はきっと死んだら――白い月ではなく、赤い月に行くのだろう。

魔女が幽閉されているという赤い月だ。俺も魔女と同じだ。この屋敷にずっと、幽閉されている。

フォークを手にした。

ふと――そのフォークが、さらさらとした砂に変わっていくことに気づいた。

フォークは砂に変わり、俺の手からこぼれおちてなくなってしまった。ナイフを手にすると、ナイフも動揺に砂のように粒子になって消えてしまった。

「……これは、一体」

これは、魔法だろうか。俺と兄上は、まだ大神殿での魔力診断を受けていない。もう少ししたら行う予定だった。属性が分かれば、魔法の使用方法を覚えるために新しく魔導師を先生として呼ぶ必要があると家庭教師は言っていた。

だが――こんな魔法は知らない。

これはもしかしたら、俺だけに使える、特別なものなのかもしれない……！

「母上……！」

母上に見せたい。

きっと喜んでくれる。俺に微笑み、偉いと、いい子だと、褒めてもらえる。

母上と兄上のいる庭園に、部屋を出た俺はすぐに走っていった。

「母上、見てください！」

中庭には母上の好きな色とりどりのアネモネの花が、咲き乱れている。

花の名前は詳しくないが、母上が一番好きなアネモネだけは知っている。

一本だけ。

魔法をかけるのは、一本だけでいい。

「ロクサス、どうしたの？」

驚いたような表情の母上は何も言わず、兄上が俺に話しかけてくる。

俺の感情は、昂っていたのだろう。はじめて自分に誇れるものができたような気がした。

特別になれる。

出来損ないの俺でも、特別になれるかもしれない。

「ロクサス……！」

花に手をかざす。魔法をかけるのは一本だけでよかったのに、使い慣れていない魔力が手のひらからあふれた。

俺の魔法は、母の愛している庭園の花々の命を、その時間を全て奪った。

花は萎れて、枯れて、花弁を落とし——茶色い茎だけを晒した。

美しかった庭園は、全て朽ちた。

「……嫌っ、いやぁぁ！　なんてことを！」

母上が悲鳴と共に金切り声をあげた。

恐怖に見開かれた瞳と、青ざめた顔で、俺は何か——失敗してしまった、間違えてしまったことに気づいた。

「どうした、何があった!?　なんだ、これは……」

使用人たちの、息を呑む声が聞こえる。

誰かが呼んできたのだろう、父も屋敷から出てきて、怒鳴り声をあげた。

俺は自分の失敗に気づいて、体を震わせながら、朽ちた庭園を見ていた。

やっぱり、駄目だ。俺は、駄目だ。

何一つ、うまくいかない。出来損ないだから。

「ロクサス、大丈夫だよ」

いつの間にか隣に来ていた兄上が、俺の手を握った。

兄上が手をかざすと、朽ちた庭園があっという間に元の美しい花の咲き乱れるものへと戻った。

アネモネの花々が、花弁に光をいっぱいうけて、元気に咲いている。

中央の黒いアネモネの花々が、その時俺には沢山の目玉のように思えた。

沢山の目玉が俺を見ている。失敗した、出来損ないの、俺を。

「……レイル、すごいわ……！」

「なんて素晴らしい力だ！」

「……違います。すごいのは、私だけじゃない」

兄上は俺をいつも守ろうとしてくれる。

この時も、そうだった。

けれど俺は果てしない羞恥心を覚えて、少しでも認めて欲しいと思ってしまった自分が情けなくて、兄上の手を振り切って部屋に戻って、ベッドの上に情けなくうずくまり、嗚咽を漏らしながら泣いた。

それからしばらくして、俺と兄上は、父に大神殿に連れて行かれて魔力診断を受けた。

俺たちの力は『刻の魔法：奪魂』『刻の魔法：変若水』と名付けられた。

それから父は俺たちを王宮へと連れて行った。俺たちが特殊な魔法を持つことを国王陛下ゼーレ様に伝えるのだという。

既に先触れの連絡はしていたらしく、王宮に到着すると俺たちをステファン殿下が出迎えてくれた。

俺たちよりも少しばかり年上のステファン殿下は、まるで兄のように俺たちに接してくれていた。

殿下には妹が二人いるが「妹は女の子なので、レイルやロクサスと会えるのが嬉しい」と、王太子殿下という身分でありながら、いつも気さくに話しかけてきてくれていた。

父上とゼーレ王が話している最中、お茶でも飲もうと言って、俺と兄上はステファン殿下に促されて、中庭へと連れて行かれた。

王宮の中庭も、ジラール家と同じぐらいに綺麗に整えられている。

テーブルには紅茶や菓子が用意されていて、俺とレイルは座るように言われ、ステファン殿下からぐいぐい紅茶や菓子を勧められた。

「レイルもロクサスも大きくなるために、たくさん食べないといけない」

「ありがとう、殿下。聖都の菓子は美味しいね。好きだよ。私も甘い物は嫌いじゃないけれど、ロクサスの方が好きだよね、甘いもの」

「別に」

「そうか、ロクサス。甘いものが好きなんだな。言ってくれたら、紅茶も甘いミルクティーにしたのに。次からは気をつける」

俺の否定を聞いていないのか、ステファン殿下は生真面目にそう言った。

「二人とも、珍しい魔法の力があったんだって？　すごいな」

「まぁね……」

「なにもすごくなどない。こんな力……」

ステファン殿下に褒められて、兄上は曖昧に言葉を濁し、俺は眉を寄せた。

俺たちは殿下に対してかなり気兼ねなく言葉を話しているが、以前はきちんと畏まっていた。けれど、「二人とも俺の弟のようなものなのだから、普通に話して欲しい」と言われて、今の状態になった。

ステファン殿下は、俺の家での扱いを知っている。けれど、それでも俺とレイルを対等に扱ってくれる。

国王ゼーレ様は賢く平等な理想の聖王だという。その息子のステファン殿下も、いい方だ。

「ロクサス。レイルも、二人のことを俺はすごいと思う。人にはない力だ。誇っていい」

力強く、殿下に言われた。少し心が軽くなった気がした。

けれど——すぐに母上の恐怖に歪んだ顔を思い出してしまって、俺の力は命を奪うことしかできない、だから使ってはいけないのだと、自分を戒めた。

俺は出来損ないではあったが、生活に不自由しているわけではない。公爵家の者たちは俺に怯えるようになったものの、それだけだ。

食事を与えられないわけでも、服がないわけでも部屋がないわけでも、教育を受けさせてもらえないわけでもない。

——それ以上に、何を望むものがある。

父に顧みられたいとは思わない。母に褒められたいとも、もう思わない。

割り切ってしまえば、気は楽だった。それに、俺には兄上がいる。

兄上はあのことがあってからはずっと、俺が一人きりにならないように、外で動くのが好きだろうに、書庫に一日中いる俺の傍で居眠りをしたり、体操をしたり、どうでもいい話をしたりして過ごしてくれていた。

「ロクサス、私が公爵家を継いだら、お前は自由だよ」

「兄上は、勇者になりたいのだろう」

「まぁね。ほら、見て、ロクサス。格好いいだろう、勇者。ドラゴンを倒すのだよ」

兄上は字が多い本は眠くなると言って、挿絵のある児童向けの物語をよく読んでいた。

勇者の物語を見つけたと、俺に嬉しそうに内容を話し、挿絵を見せてくる。

荒唐無稽な物語を、俺はあまり好まなかった。

それは役に立たないものだ。歴史書や、図鑑や、言語学の本を読んでいた方がずっと役にたつ。

「でも……公爵を継ぐのも、勇者になるのも、無理かもしれない」

悪い知らせは、ある日唐突にもたらされた。

いつも明るい兄上が、どこか苦しげにそう呟いた。

明るい日差しが差し込む静かな書庫で向かい合わせに座っている兄上の顔は、いつもよりも妙に白く見えた。

「……病気、みたいなんだ。日に日に、食事をとれなくなっている。今は、少し走るだけで息がきれる」

――なぜ、気づかなかった。

兄上が以前よりも、やつれていることに。銀の髪や、白い肌が、よりいっそう白くなっていることに。

「……まさか」

兄上は、白月病を患ってしまった。

そして父は――あれほど兄上に目をかけていた父は「レイルは駄目だな。ロクサス、ジラール家を継ぐのはお前だ」と、あっさりと口にしたのだ。

ふざけるな――と思った。

白月病は確かに治らない病だと言われている。

しかし治そうと努力もしないまま、兄上を諦めるのか。

今までジラール家の跡取りだと、期待し大切に扱ってきたのに、病を患った途端、古い靴を捨てて新しい靴に履き替えるようにして、兄上を捨て今まで顧みることもなかった俺を選ぶのかと。

兄上の処遇はすぐに決められた。

誰の目にも触れないようにジラール家別邸に移されて、まるで兄上などこの家には存在していなかったかのように父と母は振る舞った。

兄上の居なくなった家で、俺はジラール家の跡継ぎとして扱われるようになった。俺が今までの兄上の居場所を奪ったみたいに。

そんな状況、耐えられるわけがない。

俺にとって家族とは、兄上一人きりだ。ジラール公爵家などどうなろうが構わない。

今まで——なんのために耐えてきたのだろう。諦めてきたのだろう。

父や母が怖かったのだろうか。それとも守りたい何かがあったのだろうか。家族でいられることを——未だにどこかで期待していたというのだろうか。

兄上がいなくなった後も、両親と俺は別々に食事をとっていた。

一人で食事をした方が落ち着くからだ。長年そうしてきた癖のようなものなのだろう。

誰かとテーブルを囲むのは、落ち着かない。それが兄上であれば別なのだが。

けれどその日は、話があると言って俺も夕食に同席することを伝えた。

ダイニングの大きな長テーブルには、所狭しと豪勢な料理が並んでいる。

ヒラメのポワレ。ロースト鴨のサラダ。黒トリュフ入りミートパイ、チーズの盛り合わせ、アンチョビとチーズとサーモンのパン。チョコレートとフランボワーズのタルト、赤ワインに、シャンパン。

誰が見ている訳でもないのに、無駄に権力と豊かさをひけらかしているようなものだ。

どうせ半分以上残して、残った料理は破棄してしまうというのに。

かつては俺が、破棄された。そして今は、兄上が。

両親にとっては、料理を捨てることも子供を捨てることも同じなのかもしれない。

「ロクサス、話とは何だ」

俺は席について、すでにグラスに注がれているワインを口にしている父の前に立った。

母はどこか緊張した面持ちで俺を見ている。自分の意見のない、大人しい人だ。父が俺を要らないと言えば、俺から顔を背け、父が兄上を要らないと言えば兄上のことなど忘れたように振る舞う。

それは――この家で生きていくためには、必要なことだったのかもしれない。

ジラール公爵家の地位も権力も金も全て父のものだから、父から見捨てられないために母はそうするしかなかったのかもしれない。

もしそうだったとしても。

俺は、母に――少しでもいいから、愛して欲しかった。

兄上のことも俺のことも、守って欲しかった。

もう期待はしない。俺の力は命を奪うことしかできない。何かを壊すことしかできない。

だとしたら、存分に壊してやろうと思った。この、家を。

全ては兄上のために。俺は兄上に生きていて欲しい。誰も兄上を救わないというのなら、俺が救う。この家を俺が支配し――俺の思うままに振舞える、自由を、手に入れなければ。

――誰にも文句を言わせない、自由を。

いつか庭園の花を全て枯れさせてしまってから、一度も使用していなかった魔法を使った。

テーブルの上の皿や料理や綺麗に飾られていた花などが、一瞬で時間を奪われて砂のように崩れ、朽ちた。

「父よ。このテーブルの上の料理のように、枯れて崩れて命を失いたくなければ、ジラール公爵家の全権を俺に譲れ。この家の財産も地位も俺のものだ。あなたは今日から一切、俺の行動に口を出してはいけない」

母は悲鳴をあげ、父は怯える母を庇うように抱きしめた。

そして「そうか、分かった」と、意外なほどにあっさりと俺の言葉に従った。

俺は兄上をジラール公爵領の片隅にある別邸から連れ出して、聖都アスカリットのジラール公爵邸へと向かった。

それからの日々は――あまり思い出したくない。

兄上と二人、余計な雑音の無い生活は、悪くはなかった。けれど兄上は日に日に気力を失い、焦りばかりが募っていった。

レスト神官家の娘であるフランソワと婚約をし、姉であるリディアを嘲るろくでもない女だと知りながら贈り物を届け愛を囁き、ひたすらに阿った。

学園ではもっと最悪だった。明らかに殿下に媚びを売るフランソワを咎めもせずに、情けなく縋り付く愚かな男だと、周囲には思われているようだった。

それもこれも、兄上の病を聖女の力で癒やしてもらう為だと自分に言い聞かせながら、只管に耐えた。

俺と似たような境遇で生きているリディアに、手を差し伸べることもできなかった。

人が変わってしまったかのようにリディアのことをいないものとして扱い、フランソワを傍におくステファン殿下にも何も、意見することができなかった。

リディアは――レスト神官家でも学園でも、物静かで大人しい印象だった。

だが、今は違う。泣いたり笑ったり怒ったり忙しい。

その心根は、とても優しいのだろう。俺が兄上のことを諦めようとしてしまったというのに、無関係なはずのリディアが励ましてくれた。「何かをしてもらって、嬉しくないなんてこと、ないような気がします」と言って。

救われた気がした。結局フランソワには癒やしの力などなく、無駄だとばかり思っていた、俺の失われてしまった今までの時間が、全て。

「しかし……殿下は本当に、変わってしまったのだろうか」

兄上が救われ、心の余裕が出てきたのだろう。今まで考えたりもしなかった殿下の姿が、脳裏を過ぎる。

リディアと別れて、公爵邸に帰る馬車に揺られながら、ルシアンとの会話を反芻した。

フランソワと出会ってからのステファン殿下は――本当にただ、恋をしたから、変わってしまったのか。

それとも別の、何かがあるとしたら。

——別の何かとは、なんだ。

違和感はあるものの、それが何なのかまでは何一つ思いつかなかった。

◆Death（死神）

ずっと——罪悪感につきまとわれながら生きていた。

私の父、マルクス・ジラールは悪人でもなければ善人というわけでもなく、分かりやすくたとえると古い人間だ。

ジラール公爵家を継ぐものはかくあるべきと、脈々と受け継がれた祖先たちからの教えの通りに生きてきた人である。

古い貴族というのは兎角頭が固い。

大切なのは血統。よりよい血統を残し、家を存続させること。

それはジラール家の歴代の祖先たちのためであり、自分自身の為であり、領民たちの為であり、私たちが忠誠を誓っているベルナール王家の為である。

そう信じている。

それを悪いことだとは思わないけれど——ジラール家に生まれた双子の兄弟である私とロクサスは、そのせいで常に比較されてきた。

どちらに家督を継がせるか。継がせるのなら、優れた方にと。

「同時に生まれてきてしまったのだから、一人分の能力が二つに分かれたのだろう。残念なことだ。ロクサスには見込みがないな」

父上は私が幼い頃、溜息交じりによく言ったものだ。

せめて悪意が――どうしようもない悪意がそこにあれば、よかったのだろうけれど。

残念なことに、父上は父上なりに私たち二人のことを想っていたし、その言葉は本当にそう思っているから事実を告げているという、ただそれだけだった。

ロクサスは気が弱く、私の陰に隠れているようなところのある、繊細な弟だった。

何をしてもあまりうまくいかない不器用なロクサスに比べて、私は大抵の物事はそつなくこなすことができたし、何かを難しいと感じたことも、苦労をしたこともなかった。

私が勉強でも、剣術でも、人並み以上にこなすことができると、ロクサスが尊敬のまなざしで見つめてくるので、余計に張り切ってしまった、ということもあると思うのだけれど。

気づいたときには、私は優秀といわれ、ロクサスは不出来だと――父上から見捨てられていた。

母上は――母上のことはよくわからない。大人しい人だ。けれどあからさまに私を構い、ロクサスを遠ざけていた。父上が私を褒めるのを、自分のことのように喜んでいた。

ジラール家では父上の言葉は絶対で、母上は父上の言いなりだった。父上が私を褒めれば母上も私を褒め、父上がロクサスから興味を失ったような態度を取れば、母上もそれに追従した。

貴族の妻とはそのようなものなのだろうか。昔からジラール家にいる使用人の話では、母上はジラール公爵家に嫁ぐにはやや格の劣る伯爵家の娘だったらしい。

母上が常に父上の顔色をうかがうようにして生きているのは、そのせいもあるのだろうと思っていた。

悪い人ではないのだ。だから——ロクサスを傷つけている母上のことも、心底恨むことができなかった。

私のせいで、ロクサスはいつも寂しい思いをしていた。

二つに分かれて生まれてしまったから、本来ならロクサスが当たり前に手に入れることができていただろう愛情も幸福も、私が全て奪ってしまった。

それだけならまだ、よかった。

けれどさらに悪いことに、私たちには特殊な力があり、私は対象の時間を巻き戻す力を、ロクサスは対象の時間を奪う力を持っていた。

花を枯れさせ、虫を殺し、命を奪うロクサスは不吉とされて、母上や使用人たちは、ロクサスの顔を見ると怯えるようになった。

私さえいなければ、ロクサスは公爵家の一人息子として大切にされたのだろうか。

私さえ、同時に生まれてこなかったのなら。

私がいなければロクサスは、時間を奪う力と戻す力、二つの力を持ち、皆に特別な祝福を受けた子として愛されただろう。きっと。

私は——自由になりたかった。

この家は私には窮屈すぎる。ここではないどこか、遠くに行きたい。

誰にも縛られず、誰にも迷惑をかけず、私という存在が、誰かを苦しめることのない場所に。

いつからか、そう思うようになった。

父を心底恨むことも、母を拒絶するほど嫌悪することもできず、ロクサスのことも大切だと思っている。誰に対してもいい顔をして優柔不断な態度を取っている自分が、好きになれなかった。

この家から出ることができれば、私の心は自由になれるかもしれない。

胸が詰まるような息苦しさから、解放されるかもしれない。

「ロクサス、私は勇者になりたい」

ジラール家の図書室で本を読んでいるロクサスを覗き込んで、私は言った。

「また、童話の話ですね、兄上。兄上の言う勇者とは、なんですか?」

私は、勉強をするよりも体を動かしたり、外で走り回ることが好きだった。

けれどロクサスがいつも、家の中で誰にも見つからないように、呼吸さえひっそりと行うようにして、屋敷の図書室にばかりいるものだから、私も時間が許す限り、できるだけ共にいるようにしていた。

ロクサスは私の半身だ。

私がいなければ、ジラール家でロクサスは、誰にも相手にされずに一人きりになってしまう。

——けれど。私がいるせいで、ロクサスは不遇な立場にあり、それを私が哀れむなどは傲慢もいいところだ。

それでもロクサスが私を慕ってくれるのが、救いだった。

「勇者とはね、世界を冒険する者のことだよ。偉大な冒険者。悪の魔王とか悪い竜とか、ともかく国を滅ぼそうとする悪い存在を成敗して、最後には姫君を救って英雄といわれて、伝説になる。それが、勇者」

「……悪とは、なんでしょうか」

「ベルナール王国にとっての悪というのは、やはり、ロザラクリマを起こして魔物を地上に溢れさせている、赤き月の魔女、シルフィーナなのではないかな」

「魔女……魔女ですか」

ロクサスは勉強のために図書室に籠っていたようだけれど、私は小難しい本を読むのは退屈で、子供向けの童話ばかりをよく読んでいた。

ジラール家の祖先たちが残してくれた本は多岐にわたっていて、特に私のおじい様という方は、かなりの好事家だったようだ。読むためというよりはその装丁を楽しむために様々な種類の本を集めていたらしい。

勇者を題材にした物語は意外に多く、読んでいると知らない世界に入り込むことができるようで、それを読んでいる時だけは罪悪感から逃れることができた。

「兄上はジラール家を継ぐのですから、勇者にはなれませんよ」

「まぁ、そうだね。でも、もしかしたら……と、考えるのは楽しいよ。もしかしたら、勇者になれるかもしれない」

「兄上は、優秀なのに時々、小さな子供のようなことを言いますね」

「私はまだ子供だよ。ロクサスもまだ子供だろう」

私がそう言うと、二人きりの図書室では、父上からかけろと言われている眼鏡を外しているロクサスが、私と同じ顔で呆れたように溜息をついた。

ロクサスは徐々にだけれど、無理やり大人になろうとしているように感じられた。

父に見捨てられ、母に遠ざけられて。全てを割り切り、諦観するようにして。

私にはそれが少し、悲しかった。

「いつまでも子供のままではいられません。俺も、兄上も」

「うん。……そうだね」

「数年後には、王都の学園に入学して、卒業したら兄上はジラール公爵となるでしょう。俺は、身の振り方を考えなければ」

「この家に、私と一緒にいればいいのではないかな。私が公爵家を継いだら、ロクサスは自由だ。誰にも文句は言わせないよ。ロクサスは私の補佐をしてくれたらいいのに」

「それはできません」

ロクサスの抱えている寂しさを理解しているのに、私がロクサスにとって一番近い存在なのに、私には何もすることができない。

いつしか私は成長するにつれて、ここではないどこかに行きたい、どこか遠くに——と思う気持ちを変化させていた。

消えてしまいたいと、思うようになった。

ロクサスから全てを奪いなんでもない顔をして生きている自分が、嫌いでしかたなかった。

消えてしまいたい。私などは、生まれてこなければよかった。

——死んでしまいたい、と。

だから私は——白い月の病に侵されたことを、僥倖(ぎょうこう)だと感じた。

白い月に行くことができれば、ロクサスは公爵家を継げるだろう。

私の存在がロクサスの枷(かせ)になることが、なくなる。

それでいいと思っていた。

（この病は、治るものではない。きっと、罰があたったのだろう。ロクサスから全てを奪ってしまった私に、罰が）

奪った物を返す時が来たのだろう。

早々にジラール家から最低限の使用人をつけられて、公爵領にある別邸にうつされた私は、徐々に痩せ細り弱りはじめる自分の体を眺めながら、そう思っていた。

早々に諦めたのだ。戦う前から、諦めてしまった。

私はいつもそうだ。勇者になりたいという夢も。家から出て旅にでたいという希望も——全て、何かを行う前から無理だと思い諦めてしまう。

けれど——寂しい別邸で過ごしていた私の元に、以前よりもずっと大人びた顔をしたロクサスが現れた。「兄上、王都に行くぞ。王都には聖女がいる。きっと治る」と言って、信用できる使用人たちだけを集めて私と共に王都のジラール邸に向かった。

ロクサスは私の病を癒やすため、奔走してくれていた。私はロクサスに口では「ありがとう」と言いながら、早く白い月に行きたいと、ベッドの上でそればかりを考えていた。

迷惑をかけてしまうことが、苦しかった。もう私は、諦めてしまっているのに。

あぁでも、できれば。

——もし生きられるのなら。

諦めずに、夢を叶(かな)えたい。

呆れられてもいい。我が儘(わがまま)だと言われてもいい。誰かに迷惑をかけることも厭(いと)わない。

私は言い訳ばかりだ。消えたい、死にたい。迷惑をかけたくない。そればかり。

本当は——生きたいくせに。

私の命の灯火(ともしび)は、もうすぐに消えるだろう。結局、聖女フランソワは私を癒やそうとはしなかったそうだ。ロクサスの絶望に沈んだ顔に、胸が痛んだ。

私の体から命がこぼれ落ちていくのを感じる。それを感じるほどに、もっと生きたかったという渇望は強くなる。そんな姿をロクサスに見せたくない。助けることができなかったと、苦しめるだけだ。

だから、私は諦めて、もういいと、大丈夫だと笑ってみせた。

私は——嘘つきだ。

病床から、空と庭を眺め続けていた。ロクサスが学園を卒業し、春が終わり、夏になった。庭の青々とした枝葉が生き生きとのびはじめる。生命力に満ちた木々や草花の姿が目に眩しい季節だ。ロクサスがリディアを連れてきたのは、私の命はあと数日だろうかと、考えていたときのことだった。

私にはリディア——姫君が、白い月から私の元へやってきた、女神アレクサンドリアの御使いのように思えた。

愛らしい顔立ちをした姫君の瞳は不安に揺れていた。姫君の話はロクサスから聞いていた。レスト神官家の魔力のない娘。家では、不遇な扱いをうけていて、学園でもいつも一人。

ずっとそんな扱いを受けていたのに、実は——聖女だったのだと。

ロクサスは、姫君が聖女の力を隠していたのだと怒っていた。

けれど一目見て、そうではないと分かった。不安そうに、けれど私を心配して潤む瞳は優しさに満ちている。力を隠していたわけではない。本当に、魔力がなかったのだろう。今までは。

——期待を、表に出してはいけないと思った。

私の命が助からなければ、きっと姫君は死んだ私の命を背負うことになる。それは大きな傷になる。そんなことをさせてはいけない。

だから、もういいのだとまた嘘をついた。ロクサスが姫君を、家に帰らせるように。

けれど、姫君は自分の意志で、私のために料理をしてくれた。

姫君の料理は私を癒やし、今にも死にかけていた私の体は、元の健やかさを取り戻すことができた。

だから私は今、生きている。

食事が、美味しい。ロクサスが私を見て、嬉しそうに笑っている。使用人たちも、涙を浮かべて喜んでくれている。今日初めて会ったのに、姫君は全てを拒絶するふりをしていた私を救ってくれた。

なんて——ありがたいことなのだろう。

一度、生きることを諦めた命だ。

だとしたら姫君が与えてくれたもう一度の生は、自由に生きよう。

誰に迷惑をかけてもいい。

笑われても、謗（そし）られても構わない。

私は私の、好きなように生きる。

誰かが私のことをどう思おうが、嫌おうが、好かれようが、私にとってはどうでもいいことだ。

姫君がいて、ロクサスがいる。私にとっての世界とは、それだけで十分なのだから。

――私は、勇者になろう。物語に出てくるような、勇者に。

それにしても――私の頭に響いていた「こっちへおいで」という女の声は、なんだったのだろう。

女というよりは、少女の声だったように思う。

病を患っている最中は、頭に響く虫の羽音と声がうるさくて、まともに考えることも難しかったが、今思うととても奇妙だ。

病と、少女の声には何の関連性があるのだろう。

果たしてあれは、白い月に私を誘う女神アレクサンドリアの声だったのだろうか。

慈愛に満ちていて、優しい声だった。全てを委ねたくなるような、けれどどこか、おぞましいものだった。

白月病とは一体なんなのだろうか。ただの病では、ないのかもしれない。

なにか、嫌な予感がする。

この国で何かよくないことが起こっているような、嫌な予感だ。

病床では、ロクサスの話や使用人の話を聞いたり、少し気分のいい時は、今まであまり興味のなかった歴史書を読んだりしていた。

だから私の知識とはそこで得たものしかないが、そのせいだろうか。皆が妙だと思いながらも受け入れてしまっただろうことが、どうにも納得がいかず据わりが悪いものに思えて仕方なかった。

例えば、昔は世話焼きな兄のように優しかったステファン殿下の変化だとか。

例えば、殿下の傍にいるというフランソワという女が聖女を名乗っていることだとか。

それを、フェルドゥール神官長が当然のように受け入れていることだとか。

ゼーレ王はずっと病みついているという。私と同じ病なのかと思ったが、白月病ではないらしい。

「……ともかく、体力をつけないといけない」

私は公爵家の庭の木の枝に摑(つか)まって懸垂をしながら、呟いた。

勇者とは強くないといけない。この国には強い人間が多い。

強いと言われるとまず思い浮かぶのは、星堕の死神と呼ばれているルシアンや、幽玄(ゆうげん)の魔王と呼ばれているシエルだろう。私は出遅れてしまったけれど、勇者として彼らに並び立てるぐらいに強くならなければ。

勇者とは姫君を守るもの。リディアを守り、この国の人々を守る。優しく強い正義の味方だ。

「兄上。そんな格好で……まだ病み上がりだろう」

懸垂を終えた私が、木の枝に足をひっかけてぶら下がりながら上体起こしをしていると、屋敷の中からロクサスがやってきた。

「そんな格好？」

「服を着ろ」

「嫌だよ。暑いから」

トレーニングの最中はどうせ汗が出るのだからと、私は上半身の服を脱いでいる。

ロクサスは紅茶のカップを手にしている。甘いミルクティーが入っているのだろう。私は甘い物は苦手だが、ロクサスは甘い物が昔から好きだった。

私が病に倒れてからは――ロクサスの中で何かが変わったのか、この家で飲む紅茶や珈琲に、ミルクも砂糖も入れなくなっていたようだが、また元に戻ったようだ。それがなんだか嬉しい。

「また具合が悪くなったらどうするんだ。まだ病が癒えたばかりだ。あまり動き回るな」

「私は元気だよ、姫君のおかげで」

「それは分かってはいるが、だからといって無理はして欲しくない」

「さっき、懸垂を五百回終えたばかりだけれど、まだ動ける。やっぱり、勇者になるのだからね。体力を早く取り戻したいし、筋力もつけなくてはいけない」

「それはそうかもしれないが」

「私がこんなに元気になれたのは、ロクサスと姫君のおかげだ。だから、今度は私が二人の役に立つよ。任せておいて」

私はくるっと一回転しながら、ロクサスの前に降り立った。

結構動けるようになってきたみたいだ。もうしばらくしたら、街に出かけてみよう。

冒険者ギルドに登録して、勇者への道の第一歩を踏み出すのだ。

きっとすごく、楽しい。

「そういえば、ロクサスは姫君が好きなのだよね」

「は……？　え、あ、うわ！」

恋の協力をするというのも、兄としては楽しいかもしれない。

私は姫君のことが好きだけれど、ロクサスのことも好きだ。二人が上手くいってくれるのなら、私は嬉しい。

そう思って尋ねると、見事にロクサスの持っているティーカップが割れた。

「ロクサス、好意を尋ねられたぐらいで動揺して、魔力を暴走させるのはやめたほうがいい」

私は割れたティーカップを、時を戻す魔法を使って元に戻しながら言った。

焦りながら「兄上が妙なことを聞くからだ……！」などと言って、顔を真っ赤にしているロクサスの様子が面白くて、私は腹を抱えて笑った。

あぁ、私は――心から笑うことが、できている。

もう死にたいとも、いなくなりたいとも思わない。

罪悪感もどこかに消えてしまった。

花も木々も空も、世界が瑞々しく輝いているように見えた。

シエル様は、カウンター席に長い足を組んで座っていた。

私がロベリアの中に入ると、すぐに私に気づいて立ち上がった。

メルルはシエル様の肩に軽々と飛び乗って、挨拶を交わすようにして軽く額をその頬に擦りつけた後、いつもの定位置のクッションの上へと戻っていった。

「シエル様！」

私は背負いカゴをお店の中に入ってすぐの場所にひとまずおいた。それからぱたぱたとシエル様に駆け寄った。

お店の真ん中でシエル様と向かい合った私は、ぺこりと頭をさげた。

「シエル様、ごめんなさい！　せっかく来てくれたのに、留守にしていて……」

いつもの、私のお店に帰ってきたこともあるのだろう。

でも、シエル様の顔を見るとなんだかほっとする気がした。

「リディアさん、よかった。鍵も開けたまま不在だったので、心配していました」

赤い瞳が物憂げに私を見つめる。

涼しげな声音で気遣うように名前を呼ばれると、体から力が抜けるみたいな、穏やかな気持ちになる。

「ただ留守なだけだったら僕も帰っていたのですが、扉の鍵は開いているし、メルルだけが中にいるので、何かあったのかと」

シエル様はそう言って、無事を確かめるように私の頬にそっと触れる。

くすぐったくて、私は目を細めた。

「慌ててあなたを探しに行こうとしたら、マーガレットさんにジラール家のロクサス様に連れて行かれたけれど、大丈夫だから留守番をしていろと言われて、ここに」

「メルルと二人で待っていてくださったのですか？」

「ええ。先程まで僕の腕の中にいたメルルが、突然ロベリアを飛び出して行ったので、そろそろ戻ってくるだろうとは思っていました」

メルルを抱っこしてお留守番をしてくれるシエル様、ちょっと可愛い気がする。

「あまり遅いようなら迎えに行こうかとは考えていたんですが。おかえりなさい、リディアさん」

「は、はい！　ただいま、です。シエル様……」

おかえりと、言われたのははじめてではないかしら。

すごく嬉しい。嬉しいけれど、なんだか照れてしまう。

「お迎え……姫君を助けに来てくれる、魔王様……」

「ん？」

「い、いえ、なんでもありません」

つい、レイル様の言っていたことを思いだして、想像してしまった。

悪のジラール邸に囚われた私と、私を助けに来てくれるシエル様。でもやっぱり勇者じゃなくて魔王という感じがする。

何を考えているのかしらね、私。でもちょっとだけ、憧れてしまうわね。

シエル様は不思議そうに首を傾げた。頭の宝石が揺れる。

私は恥ずかしい想像をしていたことに気づかれないように、ごまかすようにして口を開いた。

「あの、私、ロクサス様に連れられて、ジラール公爵邸に行っていました。それで……」

「ロクサス様の目的は、あなたの力でレイル様の病を癒やすことですね。白月病については、僕も相談されたことが何度かあります」

「シエル様、レイル様のこと知っていたのですか……？」

「はい。セイントワイスでは白月病の研究を行っていて、薬も調薬を行い実際に試してみたりはしているのですが、今のところ効果があるものはありません。そんなこともあって、ロクサス様とは話す機会が何度か――」

シエル様はそこで一度言葉を区切った。それから真剣な眼差しで、私を見据えた。

「リディアさんの料理を、レイル様は召し上がったのですか？」

「は、はい……」

「それで」

「シエル様……私、どうしたらいいでしょう……」

私はうつむいた。

レイル様は元気になったように見えた。けれど、それは偶然かもしれない。

ご飯を食べることができたから、少し調子がよくなっただけかもしれない。

――本当に病が癒えたかどうか、分からない。

「リディアさん……」

堰を切ったように、涙がこぼれ落ちる。シエル様が心配そうに私の名前を呼んだ。

シエル様の顔を見たら、ほっとしてしまった。

その声を聞いたら安心して、堪えていたものがあふれ出してしまった。

私は――喜び合っているレイル様とロクサス様を見ながらずっと、不安だった。

けれどそれを態度や言葉に出すことはできなくて、心の奥に押し込めていた。

「シエル様、私……っ」

私には自信がなくて。同じぐらいに、覚悟もない。

誰かの役に立ちたいって思う。頼られるのは、嬉しい。必要とされるのも。

――でも、怖い。

結局何もできなかったら。私の力なんて、ただの偶然だったら。

頑張りたいと思う。役に立ちたいとも思う。

それと同じぐらいに、不安になってしまう。

何の確証もないのに。私の力で病が癒やせるなんて——分からないのに。

自分でもよく分からないぐちゃぐちゃした感情が、涙となってぽたぽたと頬を伝った。

「ごめ、なさ……っ、急に、こんな……っ」

「落ち着いて。深呼吸を。……何があったのか、話してくれますか？」

シエル様に言われたとおり、私は胸を押さえて深く息をついた。

それから、頭に浮かんだ言葉を、一つずつ口にする。

「レイル様に、ご飯を作ったんです。タコのリゾット……レイル様は食べてくれて、それで、元気になったって、ロクサス様も喜んでいて。でも本当はずっと怖くて」

「怖い？」

「怖いです。……本当に病気が癒えたかなんて、分からない。明日になったらまた、具合が悪くなってしまうかもしれないのに……」

希望を与えられてから絶望に叩き落とされる苦しさは、私はよく知っている。

私の力で病が癒えたなんて、ぬか喜びかもしれない。命を救うなんて——私には重たくて、苦しくて。でも、本当は。

「私、役に立ちたいです。悲しい思いをする人、少ない方がいいです。でも……もし、駄目だったら。そう思うと、怖くて」

「……リディアさん」

ゆっくりとシエル様の手が伸ばされて、私の頬を撫(な)でた。目尻の涙を親指が拭って、そのまま髪に触れられる。

「白月病は治らない病です。発病してしまえば、どうすることもできない。それを癒やすことができれば、苦しむ人々は減る」

シエル様は、諭すように優しく言葉を続ける。

「リディアさんの料理の癒やしの力で白月病を癒やすことができる。それは、可能性としてはあるだろうと考えていました。けれどリディアさんの力をゆっくり解明してからでいいと思っていました」

私はこくんと頷(うなず)いた。

「人の命とは重いものです。僕はそれを、できることならあなたに背負わせたくない」

髪を撫でる手が、優しい。その声も、言葉も。優しくて、安心する。

「本当は悩んでいました。……あなたの力を調べない方がいいのではないかと。僕の役目はあなたの力を調べることではなく、あなたの力を他者から隠し、あなたの穏やかな暮らしを守ることではないのかと」

シエル様は逡巡(しゅんじゅん)するように目を伏せると、瞼(まぶた)を開いて私の瞳を見つめた。透き通るような赤い瞳に、情けない顔をした私の姿が映っている。

「ですが、リディアさんも――人を救いたいと思っている」

「……救いたいなんて、大それたことは思いませんけれど……少しでも誰かの役に立てると、嬉しいです。私、ずっと役立たずだって、言われてきました。だから」

「リディアさん。あなたは役立たずなどではありません。僕は、リディアさんに救われました」

「シエル様……」

止まっていたはずの涙がまた溢(あふ)れる。

シエル様は私をそっと抱き寄せた。

遠慮がちに私の背中に手が回り、それから優しく、けれどしっかりと抱きしめられる。

私よりもずっと大きい、男性の体だ。すっぽりと包まれるようにして抱きしめられて、私はシエル様の胸に顔を押しつけて泣きじゃくった。

自分でもよくわからない。けれど、涙が止まらなかった。

不安なとき、苦しいとき、悲しいとき。それから嬉しいときも。私はずっと、一人だった。

けれど今は、シエル様がいてくれる。私を心配して、抱きしめてくれる人がいる。

私の涙が止まるまで、シエル様は辛抱強く背中を撫でてくれていた。

まるで、家族、みたいに。

「……っ、ごめ、なさ……っ、お洋服、濡(ぬ)れてしまって……私……」

「気にする必要はありません。服など、すぐに乾きます。……謝るのは僕の方です。あなたの感じている重圧を、理解していなかった。ジラール家に、すぐにあなたを迎えに行くべきだった」

「違うんです、シエル様……私、レイル様がご飯を食べてくれて、美味しいって言ってくれて嬉しかった。ご飯を作ってよかったって、思っています」

それは本心だ。自分の行動を後悔しているわけじゃない。

「ただ、不安で……シエル様の顔を見たら、安心してしまって。不安だったの、隠していたから……なんだか、感情があふれてしまって……恥ずかしいです」

「ここには僕と、メルルしかいません。だから、泣いても大丈夫です。あなたの不安や苦しさを、隠す必要はありません」

「……シエル様……ありがとうございます。私、シエル様がお友達になってくださって、よかった」

「それは、僕も同じです」

私はシエル様の背中に腕を回すと、ぎゅっと抱きついた。

悲しいとき、怖いとき、不安なとき、抱きしめて貰えるとすごく安心する。

もう大丈夫だと、思うことができる。

私はお父様にもお母様にも抱きしめられた記憶がないから、知らなかった。

人の温もりは——こんなにもあたたかい。

「シエル様……ロクサス様が言っていました。白月病で苦しんでいる人は、レイル様だけじゃないって。私は役に立つことが、できるでしょうか……」

「――もしあなたが、望むのなら。魔力診断を、受けてみますか？」

「魔力診断……」

「はい。実を言えば、あなたの持つ力を調べる準備ができたので、今日はそれを話しに来ました。魔力を調べるための一番確かな方法です」

シエル様はそう言うと、抱きしめていた私の体をゆっくり離した。

それから指を絡めるようにして手を握る。骨の硬い手は私よりもずっと大きい。手のひらが合わさり一本一本指が絡まり、私の手を包み込んだ。

「……今日である必要はありません。あなたはとても疲れている」

「大丈夫です。私……知りたい。自分のことを、知りたい。ずっと逃げてばかりいたから、もう逃げたくない」

「あなたは十分、頑張っていますよ。あなたに救われた僕やセイントワイスの部下たちは、あなたが逃げているなんて思わない」

「ありがとうございます。……シエル様、このままだと私、自分のことが分からなくて、怖くて、不安なままです。だから」

「――わかりました」

シエル様は頷いた。それから私と繋(つな)いでいる手に、軽く力を込める。

「僕は、他者の魔力を感じることが少し、できます。こうして手を繋いで慎重に感覚を追うと、手のひらから伝わってくる微弱な魔力を感じます」

「……私、魔力がすごく少ないということでしょうか。幼い頃の魔力診断で、魔力が無いって判断されたぐらいに」

「魔力とはたとえていうなら体を巡る血液のようなものです。魔力を使用するとは、体に流れる魔力を制御して外側にあらゆる事象として発現させること。あなたはこの小さな手で料理を作ります。食材に触れ、調理器具に触れ、食器に触れる」

「はい……」

「あなたの中に特別な力があるとして、それをうまく、発現することができないとしたら……無意識のうちに調理を通して、魔力が料理に伝わるということもあるかもしれません。それは、ほんの微量だから、時間が経(た)てば消えてしまう」

私の手から無意識に、魔力が料理にこぼれている。そんなことが、あるのだろうか。

「実際あなたから頂いた料理を自宅に持ち帰り、料理に含まれる魔力を診断しました。けれどそれには魔力は含まれていませんでした。癒やしの力がある料理は、作りたてでなければいけないと、僕は考えています」

「作りたて、ですか」

「最初に気づいたのは、ルシアンですね。体力増強や筋力の増強の効果があると。それから魔力の回復、呪いの浄化、病気の治療。……総じて、肉体の力を活性化させるもの。全てが、癒やしの力と言えなくはない」

シエル様はするりと、私から手を離した。

それから、ご自分の前に両手をかざすようにする。

シエル様の両手の中に、ふわりと美しい杯があらわれる。その杯には、綺麗な水がたっぷりと入っていた。

「これは魔力診断の水鏡レプリカです。本物は大神殿から持ち出すことができませんから、限りなく近い物を作りました」

シエル様はその杯——魔力診断の水鏡レプリカを、テーブルの上にことりと置いた。

「魔力診断の水鏡は、手を入れた者の持つ魔力の特性やその濃度で水の色を変えます。僕の場合は特殊な力はありませんが、純粋に魔力量が多く属性も限定されていないので、黒に。ロクサス様など特殊な力のある方の場合は金色に。ロクサス様は氷魔法にも適性がありますから、金のあとに銀色に変わったはずです」

「小さい頃、私も診断を受けました。色が、変わらなくて。お父様は、私には魔力がないって言って……」

「成長するにつれて、魔力量が増大することもあります。もしかしたら今は何か、変わっているかもしれません」

「うん――やってみます」

私は水鏡の前に立った。その上に差し出した手を、おそるおそる水の中に差し入れる。

水の色は、変わらない。

変わらない、はずよね。

透き通る水の冷たさが、指先に伝わる。

私の指先が水に触れた瞬間――透明だった水が虹色に輝き出した。

「……っ、ひ、あ……っ」

夕闇が迫る部屋は、少し薄暗かったのに。まるで、真昼みたいに明るく――雨のあとに空にかかる虹のような光が溢れた。

私はびっくりして手を水鏡から抜き出した。

指を抜いた途端に、溢れていた光は微かな残滓を残して消えていく。

「どうして……?」

水鏡の色が変わった。それどころか、水鏡から、色が溢れた。

一歩後退ると、足が絡まって転びそうになるのを、シエル様が支えてくれる。

「やはり女神の加護は、あなたに。けれど、あなたは料理を通して力を発現させることしかできず、それは意図的ではない。――何かがあなたの力を、阻害しているのかもしれない」

「シエル様……？」

小さな声で、シエル様が言った。何を言ったのかよく聞き取れずに、私はシエル様を見上げる。

「――虹色に輝く魔力。文献に残されている通りであれば、それは女神アレクサンドリアの加護。癒やしの力。あなたには、その力がある」

シエル様は事実を確認するように静かに、それから力強く言った。

「……私に……本当に？」

――私には魔力がある。

それは女神アレクサンドリア様の加護、癒やしの力――。

でも、混乱してしまう。今までの私が、そっくり別の何かに変わってしまうみたいだ。

私に力があるとしたら、何かをしなければいけない。誰かのために。誰かを救うために。

でも、どうしたらいいのだろう。私は何をするべきなのだろう。

「リディアさん。あなたに頼みがあります。あなたがもし嫌でなければ、週末、白月病の療養所で料理を振る舞って頂けませんか？」

シエル様は私に正面から向き直ると、真剣な表情で言った。

「無理にとは、言いません。しかしあなたには、力がある。皆を救う力が。……僕も、一緒にいます。試してみませんか？　きっと、大丈夫です」

両手を優しく握って、シエル様が静かな瞳で私を見つめる。

うん。そうよね。

大丈夫。私は一人じゃない。シエル様が一緒にいてくれる。

それは——とても、心強い。

真っ暗闇の世界を、此方に道があるよと言って、明るく照らして貰っているみたいだ。

私はこくんと頷いた。

「シエル様——私、料理、作ってみます。私にできることがあれば、頑張ってみたい」

「……リディアさん。ありがとうございます」

優しくシエル様が微笑んでくれるので、私もつられて笑みを浮かべた。

「シエル様がいてくださるから、大丈夫って思えます。私、一人だったらきっとなにもできませんでした」

「僕はあなたの友人として、それから、あなたの魔力を皆に広める一因を作ってしまった者として、あなたを守ります。この先何が起こっても、必ず」

「はい……ありがとうございます、シエル様」

お友達というのは、心強い。一緒にいてくれるだけで、すごく強くなれる気がする。

もう、泣かない。不安は——全て消えたわけじゃないけれど、大丈夫。

療養所で食事を振る舞うのは、今週末。予定を決めて、水鏡を片づけて帰ろうとするシエル様に、私はあわてて声をかけた。

「シエル様、もしよければご飯、食べていきますか？　私もお夕食、これからなので……」

「いいえ。疲れているあなたに、更に無理をさせてしまいました。だから今日は、帰ります」

「一緒にいてくれた方が、元気になれる気がするんです。自分の分のご飯も作りますから、シエル様がよければですけれど……」

シエル様は一瞬で別の場所に移動する魔法を使うことができるから、行ってしまわないように私はシエル様のローブをきゅっと摑（つか）んだ。

もう少し、一緒にいて欲しい――本当はそう思っていたのだけれど、それは恥ずかしいから口にはできなかった。

「それでは、お言葉に甘えさせていただきますね」

シエル様はローブを摑む私の手と私の顔を交互に見た後に、小さな声でそう言った。

「ありがとうございます。我（わ）が儘（まま）を言って、ごめんなさい」

「……いいえ。嬉しいと、思っています。引き留められて、嬉しい」

「本当に？」

「ええ。もちろん」

さっきまで泣いてばかりいたのに、心に花が咲いたみたいに嬉しくなる。

私はにっこり笑って、それからいそいそと調理場に向かった。

ざっと食材を確認する。今日市場で買ってきて、まだ残っていたひじきと油揚げ、人参（にんじん）とお野菜、鰹節(かつおぶし)のお出汁(だし)とお味噌(みそ)を使って、ひじきご飯と大根のお味噌汁を作ることにした。

色々あって疲れている気がしたし、まだ頭が混乱している気もしたけれど、お料理をしていると心が落ち着く。やっぱり、お料理をするのが好きだ。

ご飯を炊いている間に、乾燥ひじきを水で戻す。人参を小さめの千切りにして、レンコンも細かく切る。油揚げも短冊切りにする。人参と油揚げをフライパンにいれて人参がしんなりするまで炒(いた)める。

そこに柔らかくなったひじきをいれて、お砂糖を少しとお醤油(しょうゆ)とお酒で少し濃いめに味付ける。

炊けたご飯の中に味付けの終わったひじきを入れて、お米が潰れないようにざっくりと混ぜ合わせる。

ひじきごはんは、普通に食べても美味しいし、おにぎりにしても美味しい。

ツクヨミさんのお店ではじめて見たとき、何かしらこの黒い紐(ひも)……と思ったものだけれど、今はもうひじきの美味しさを知っている。ご飯に混ぜなくても、ひじきの煮物としても美味しい。

人参やレンコンと一緒に煮ると、歯ごたえが出ていい。瓶詰めマヨネーズを添えてもかなり美味しいけれど、これは好みによるみたいだ。

ひじきご飯ができあがったので、シエル様にお願いしてお水と鰹節を入れて沸かしておいてもらった鍋に、千切りの大根を入れる。鰹節は取ってしまった方が舌触りがいいのだけれど、今日は私が食べる用なので、勿体(もったい)ないから鰹節も具材としてそのまま使うことにした。

お味噌を溶かして、味見をする。鰹節の風味とお味噌の味が、疲れた体に染み渡った。

「シエル様、できました。色々あった日の、体に優しいひじきご飯と大根のお味噌汁です」

「キュ！」

「メルルもお腹が空きましたね、今日はお留守番ありがとうございました」

お皿に盛ったひじきご飯に、メルルがかぶりつく。尻尾がぱたぱたと揺れている。お腹が空いていたのだろう。

私とシエル様も、調理台に椅子を持ってきて、一緒にご飯を食べた。

シエル様は「とても美味しいです」と言って、微笑んでくれた。

私も、メルルやシエル様と一緒にご飯を食べているからか、いつもよりも美味しい気がした。

ひじきご飯をいっぱい作ったので、明日の朝はおにぎりにしよう。シエル様にも帰り際に持たせてあげよう。おにぎりなら、簡単に食べられるし。

夕食を食べ終わって、シエル様におにぎりのお土産を渡してお別れをした。

すっかり外は日が暮れていて、メルルはさっさと二階にあるベッドに一人で行ってしまった。もうどこに何があるのか覚えたのだろう。自分の家だと思ってくれているみたいだ。

一人になり、お風呂に入ると、やっと長い一日が終わった感じがした。

◆時短に最適、奪魂魔法

明日はシエル様と約束した、『ミハエル白月病療養所』の慰問の日。

シエル様やセイントワイスの方々がお薬を届けに行っている療養所で、新しいお薬の治験を申し出てくれている場所だという。

シエル様は「リディアさんは、街で評判の食堂の料理人。僕と個人的に親しいということで、患者たちに料理を振る舞って貰う——とだけ、伝えてあります」と言っていた。

療養所の方々に余計な期待を持たせないため、それから私に重荷を背負わせないため、配慮をしてくれている。ありがたいと思う。

最初から『病を癒やす力のある料理を振る舞う』なんて言われてしまったら、もしかしたら不安と緊張で体が動かなくなってしまって、いつもと同じようには、お料理ができなくなってしまったかもしれないもの。

そういうわけで、私はツクヨミさんから新鮮なタコを仕入れて、昼過ぎから煮込んでいた。

「ロクサス様、タコを柔らかくして欲しいのです。よろしくお願いします」

「あぁ、構わない」

そこにたまたまロクサス様がいらっしゃったので、お手伝いしてもらうことにした。

「ロクサス様の魔法で、タコが柔らかく煮えるのですか？」

「タコを柔らかく煮る魔法とか、最高じゃねぇか」

「ね、リディアちゃん。ツクヨミはタコを沢山持ってきたんでしょ。あたしたちの分もある？　食べたいわ、タコ。一本足グリル」

カウンター席に、シエル様とツクヨミさんとマーガレットさんが並んでいる。

シエル様は少し前にお手伝いに来てくれて、一緒に市場にタコを買いに行った。

事情を説明すると、ツクヨミさんは人助けだからと、とれたての冷凍タコをいっぱいくれた。

シエル様はセイントワイスの名前を出しての慰問なので、食材代などは全て支払ってくださるつもりだったみたいだけれど、ツクヨミさんの心意気のおかげで材料費はただになった。

「まぁでも、ただより高ぇものはねぇっていうだろ、嬢ちゃん。嬢ちゃんが気にしないように、夕飯を奢(おご)ってくれるか」

そうツクヨミさんが言うので、もちろん構わないと私は頷いた。

お店に戻ってツクヨミさんがくれた五匹のタコの下処理を終えてお湯で煮込んでいると、マーガレットさんを連れたツクヨミさんと、たまたま近くまで用事があったらしいロクサス様がやってきたというわけである。

「いいですよ。ツクヨミさんの分もつくりますし。シエル様も召し上がりますか、今夜も頑張れちゃう一本足グリル」

「夜、頑張るとは……？」

「一晩中飲み明かせるっていう意味ね。タコは栄養満点だし、一本足グリルはつまみに最高なのよ」

マーガレットさんが人差し指を立てて、くるくる回しながら説明してくれる。

そういう意味だったのね。マーガレットさんが名付け親なので、私が考えたわけじゃない。私は結構早く眠るし、夜頑張ることとかは特にないので不思議に思っていたのよね。

「それは――困りましたね。僕はどちらかというとあまり眠るのが得意ではないのですが、更に眠れなくというのは……リディアさん、長い夜を一人で過ごすのは寂しいので、今夜は話し相手になってくれますか？」

シエル様に言われて、私は念話について思い出した。セイントワイスの皆様は離れたところにいる人と会話をするために、念話という魔法を使える。

私は『寂しい』から『話したい』と言われたのが嬉しくて、にこにこしながら頷いた。

「はい、いいですよ。シエル様はお友達ですから」

「リディア。ただの友人と夜の話し相手になるというのは、問題があるのでは……！」

「お友達とお話するのは、駄目なんですか……？」

何故（なぜ）かロクサス様が慌てたように言ってくるので、私は狼狽（ろうばい）しているロクサス様の顔を見上げた。

よく分からないわね。お友達と語り合うのは、普通のことなのではないかしら。

「私、学園ではお友達、いなかったですけれど……お友達同士で寮のお部屋に遊びに行ったり、一晩語り明かすなどをするのは、憧れで……」

「安心しろ、リディア。俺も友達がいないぞ」

「リディアちゃん、友達なんて多ければいいってもんじゃないのよ。シエルが友達になってくれてよかったわねぇ」

ツクヨミさんが煙管(キセル)をふかしながら言って、マーガレットさんがアロマ煙草(たばこ)を吸いながら言う。

何かを吸う姿というのは、すごく大人に見えるわね。説得力も二割増しよね。

お友達がいなくても大丈夫って言ってくれるのが嬉しい。

でも、シエル様はお友達なので、一人もいないから一人いる状態になった。この差はかなり大きいと思うの。

「俺は友人ではないのか、リディア」

「ロクサス様は、公爵様なので……」

「肩書を気にするのなら、公爵様なので、タコを煮込めとは言わんだろう」

「公爵様なので申し訳ないなって思うのですけど、タコは煮込んで欲しいです……！　ロクサス様、私を誘拐しましたし」

ロクサス様が絡んでくる。

タコを煮込むのが嫌なのかしら。人前であの力を使うのが嫌とか。それなら先に言って欲しかったのだけれど、でも「構わない」って言ったし。よく分からないわね。

「おお、お前がリディアを誘拐して、メイド服を着せて連れまわしたっていう眼鏡の人か」

「語弊がある……！」

「いやぁ、若ぇのになかなかいい趣味を持ってるなぁ。メイド服を着せて連れ回して金を渡す公爵。なかなかどうして、肩書きに箔（はく）があるな」

「どこがだ」

ツクヨミさんがお腹を抱えて笑って、ロクサス様は嫌そうに眉を寄せた。

「まぁ、いいじゃない。若さ故の過ちって、誰にでもあるのよ」

マーガレットさんが全てを包み込むような笑みを浮かべている。

「だから違うと言っているだろう！」

ロクサス様、怒っているわね。怒りすぎて眼鏡が弾（はじ）け飛ばないかしら。心配だわ。

「……ところで、リディアさん。ロクサス様の魔法で、タコが煮えるのですか？」

シエル様が穏やかな声音で言った。そっと話題を元に戻してくれるシエル様、さすがは部下をまとめる筆頭魔導師様という感じ。

「そうなんです。ロクサス様の……なんでしたっけ。だ……だいこん、大根魔法、で」

「奪魂（だっこん）だ！　だっこん！」

「だっこんでした。だいこんじゃなくて」

「わざとなのか、リディア」

わざととかじゃない。難しい言葉は覚えるのが大変なので、仕方ないと思うの。大根に似ているし。だいたいあってる気がするのだけれど。

「大根……タコを柔らかくする大根魔法……可愛いなぁ、大根魔法」

「大根はタコと合うものね。大根とタコの柔らか煮、酒に合うわよね。最高じゃない」

「あっという間にイカ大根とタコ大根ができそうだな」

ツクヨミさんとマーガレットさんが顔を見合わせて、楽しそうに笑っている。

ロクサス様は苛々(いらいら)している様子で腕を組んだ。

「違うと言っているだろう。リディア、ろくでもない酒飲みの大人たちと付き合うのはやめろ」

「ど、どうしてそんなこと言うんですか……ツクヨミさんもマーガレットさんも、よくしてくれます……！」

「お前は、すぐに悪い大人に騙(だま)されそうだな、リディア」

「騙されません。ロクサス様こそ、侍女服が好きなくせに」

「それは誤解だ。それに、今の話と侍女服になんの関係があるんだ」

「——ロクサス様の時間を奪う奪魂(だっこん)魔法で、タコを柔らかくなるまでの時間を短縮する、ということですね。そのような使い方は、リディアさんでなければ思いつかなかったでしょうね」

私とロクサス様がお鍋の前で言い合っていると、シエル様が話題を戻してくれる。

感心したようにシエル様が言うので、私は頷いた。

「すごく便利なのに、今までお料理に使わなかったのが勿体ないです」

「……役に立つと言われるのは、悪くない」

ロクサス様は小さな声でそう言って、お鍋に手を翳して、五匹のタコの時間を奪ってくたくたに煮込んでくれた。それから、私に尋ねる。

「明日はミハエル療養所に行くのか、リディア」

「はい、シエル様と一緒に。お料理を振る舞うのです。……もしかしたら、私のお料理で、病の方が元気になるかもしれないから。シエル様と一緒に頑張ってみようかと、思って」

「すごいわ、リディアちゃん。偉い。頑張るのね……嬉しいわ、あたし」

マーガレットさんがうるうると瞳を潤ませて言った。

「で、でも、私の料理の力については、まだ内緒にしてくれていて」

「僕は、リディアさんの料理には癒やしの力があると考えていますが……それを公にして、リディアさんに余計な重荷を背負わせたくない。あくまでもセイントワイスの慰問の一環で、料理を振る舞って貰うだけです」

シエル様が補足してくれる。マーガレットさんは私ににっこり微笑んだ。

「それでも十分よ。リディアちゃんが自分から、何かをしようって行動するんだもの。それが嬉しいのよ」

「そうだなぁ。今までの嬢ちゃんは、市場で買い物して料理して、寝て起きて市場で買い物して料理しての繰り返しだったもんなぁ」

「すごく成長したわ、リディアちゃん。頑張るのよ、応援しているわ」

「ありがとうございます……」

ツクヨミさんにも褒められて、私は照れ笑いをした。

「リディア、シエル。それは俺も同行したら駄目か？」

「ロクサス様も？」

「あぁ。ミハエル白月病療養所は、聖都の中でも一番大きな白月病を専門的に診ている病院だ。俺も何度か足を運び、ミハエル医師と話している」

ロクサス様はそう言って、自分の胸に手を当てた。

「兄上のことをリディアに頼んだのは俺だ。俺は、リディアの力が多くの白月病の患者を癒やすのを見届けたい。それに、何かできることがあれば手伝いたい」

「シエル様……」

私には判断できないので、シエル様に視線を向ける。

シエル様は「構いません。ロクサス様であれば問題ないかと思います」と、頷いてくれた。

「そうか。それでは、俺も共に行かせて貰う」

ロクサス様はどこか安堵したように息を吐くと、頷いた。

明日のお料理にタコを使うけれど、五匹は多すぎる。そのうち一匹を使って、私は一本足グリルとタコの唐揚げを作った。そして美味しそうな匂いにつられて起きてきたメルルと皆で美味しく食べた。

ロクサス様はレイル様のためにタコの唐揚げを持って公爵邸へと戻ったので、一緒には食べなかったけれど。

夜が更けてもお酒を持参していたツクヨミさんとマーガレットさんが居座ろうとするのを、シエル様が連れて帰ってくれた。

明日は——療養所に慰安に行く日だけれど。

不安も吹き飛ぶぐらいに、皆でご飯をたべるのは、賑やかで楽しかった。

◆ミハエル白月病療養所

ミハエル白月病療養所は南地区の外れにある。

王都の中でも下層階級の人々が暮らす南地区アルスバニアは、馬車用の道が中心街以外にはあまり整備されていない上に、療養所があるのは石段を登った丘の上だという。

くたくたに煮込んだタコの入っている大きなお鍋をシエル様に持ってもらって、玉ねぎやお米や重たいものをロクサス様に背負いカゴに入れて背負ってもらって、私は調味料の入った鞄を肩から下げている。メルルは私の肩に乗っている。今日はお留守番はせずに、一緒に来てくれた。

ちなみに市場のおばさまから借りた背負いカゴはおばさまに返したので、ロクサス様が背負っている背負いカゴは、私が購入したものだ。

食材を運ぶのに、やっぱり背負いカゴはあった方がいい。背負いカゴならロクサス様も食材をぶちまけたりはしないだろうし。転んだ場合は別だけれど。

背負いカゴと言っても、売っている中で一番可愛いものを選んだ。肩紐は青色だし、カゴも染料で染色されていて、綺麗なエメラルドグリーンなのよね。可愛い。

「ロクサス様、石段がありますよ。転ばないでくださいね」

「あぁ」

「ロクサス様、階段、大変だから、私がカゴを背負いましょうか」

「問題ない。力はある方だ。俺が運ぶ」

「つまずかないように気をつけてくださいね」

「お前は俺を、爺（じじい）だと思っているのか？」

大衆食堂ロベリアから活気のある街を抜けて、治安のあまりよくない寂れた街外れに向かう。

普段なら絶対に近づかない悪所だけれど、シエル様やロクサス様がいるので、心強い。

街外れからさらに石段を登った先、何もない広い海を見下ろす丘の上に、療養所はある。

ロクサス様が石段につまずいて転んで、食材をぶちまけるんじゃないかなと思った私は、背負いカゴを受け取ろうとしたけれど、ロクサス様を怒らせてしまったみたいだ。

「おじいちゃんだとは思っていませんけれど……石段、危ないので」

「階段ぐらいは登れる。それよりも、リディア。手を貸せ」

「手を？　何故でしょう、ロクサス様が転びそうだからですか？」

「い、いや、お前が転ばないように……」

「私は大丈夫ですよ。私よりも、ロクサス様、転んだ時に両手が空いていないと、顔をぶつけてしまいます。眼鏡が割れたら大変ですから……」

「何故、お前は俺が転ぶ前提で話す」

だって、転びそうだもの。

私に手を差し伸べてくれるロクサス様の心遣いをやんわりと拒否して、私は大きなタコ入りお鍋を持ってくれているシエル様を見上げた。

「病気の方々が療養されている場所なのに、療養所は不便な場所にあるのですね」

「それは……白月病は今でこそ、他者にうつらない病気という認識が広がりつつありますが、昔はそうではなかったのです。いえ、今も、さほど昔と変わりはありませんけれど。治療のできない死に至る病は忌避されて、できるだけ目に触れない場所へと、患者を隠したのですよ」

「……病の方々は、病になりたくてなったわけではないのに、苦しんでいるのに？」

「ええ。家族から患者が出ることは、恥だと考えられています。白月病の家族を抱えてしまったというだけで、隣人の方々から差別を受けてしまうのです。感染すると考えられていた時は、怖れられてもいました。それなので、多くの療養所は街の外れの悪所にあります」

「俺の父も、古い考え方の持ち主だ。レイルが病に侵された時、レイルはもういないものとして扱った。……だが、父だけが特別というわけではない。多くの王国民は、父のような考え方をしているのだろう」

シエル様の説明の後に、ロクサス様が言った。

「……なんて、言ったらいいのか、私……」

「もちろん、白月病になってしまったとしても、大切な家族だと思っている人々もたくさんいます。ロクサス様のように。リディアさん。人は複雑です。多くの人がそうだとしても、そうではない人もいるのです」

「シエル様……」

そうよね。皆が皆、家族を切り捨てられるわけじゃない。辛い思いをしている方が、この国には沢山いる。

病になってしまった方も辛いけれど、ご家族も辛いだろう。

それを考えると苦しくて、瞳が潤んだ。

「リディアさん、大丈夫ですか？　今の僕は両手が塞がっているので、あなたの涙を拭えません。落ち着くまで、待ちましょうか？」

「ごめんなさい、大丈夫です」

泣いている場合ではないわね。辛いのは病気の方々で、私ではないのだから。

「………俺の両手なら空いているが」

「ロクサス様、何か言いましたか」

「い、いや、なんでもない……！」

私が顔を覗き込むと、ロクサス様は思い切り視線をそらして、その上石段の途中でふらついて転びそうになった。

ロクサス様は、落ち着きがない。

その話し方とか雰囲気とか、以前からロクサス様を見知っていた私は、もっと冷静沈着な方なのかと思っていたけれど。

玉ねぎやお米の入ったカラフルな背負いカゴを率先して持って下さるのだから、実は結構気さくなのかもしれない。

「――シエル君、よくきてくれた。シエル君と……ロクサス様ではないですか。これはまた、不思議な組み合わせですね」

石段を登りきった先にある、まばらに木々の生えた小高い丘の奥に、白い二階建ての箱のような建物がある。

入口の門の前で、白衣を身にまとった三十代半ば程度に見える男性が、私たちを出迎えてくれた。

短い白髪に、頬に傷がある男性だ。

白衣の下の体つきは騎士団の方々のように立派で、お医者様というのはどちらかというと細身のイメージがあったけれど、それとは真逆の精悍な見目をしている。

「お出迎えありがとうございます、ミハエル先生」

「突然の来訪、すまない。シエルとリディアが慰問に行くというのでな、俺も同行を願い出た。先生には世話になっている。だから、手伝いたいと言って」

「それはありがたいことです、ロクサス様。シエル君、そちらの女性が……」

「ええ。リディアさんです。街で評判の、食堂の料理人の女性です」

シエル様に紹介して貰ったので、私はミハエル先生にお辞儀をした。

「リディアです、よろしくお願いします」

「これは、丁寧に。はじめまして、リディアさん。ミハエル・ジュナイルといいます。見た通りの、医者です」

「ミハエル先生、はじめまして。私は、大衆食堂ロベリアの料理人です」

「ロベリアですか。いい名前ですね。可憐な花の名前だ」

「あ、ありがとうございます……」

ミハエル先生に優しく言われて、私は照れた。

少し怖いような気がしたけれど、落ち着いた大人の男性という感じだ。

「それで、今日は料理を作っていただけるとか。リディアさんもご存じかもしれませんが、白月病の患者は、食事を摂(と)ることを拒否するのです。作っていただいたとしても食べることができる者が、いるかどうか……」

「はい……知っています」

「時折、神官の方々が慰問に訪れたりもしますが、顔を見て、それだけです。貴族の方々の施しは、患者にはとても食べられないような食事ばかりです。だから、白月病について理解のあるシエル君やロクサス様が、リディアさんを連れてきてくれたことを、私たちはとても嬉しく思っています」

「私……頑張ります。美味しいって言ってもらえるように」

「ありがとうございます。ですが、食べられない者たちがいることを、理解して欲しいのです。リディアさんの料理を拒否しているのではなく、病気のせいで食べられないということを。もしかしたら、患者の態度がリディアさんを傷つけてしまうのではないかと、心配しています」

「はい……その、大丈夫、です。大丈夫だと、思います」

ミハエル先生の説明に、私は頷いた。

大丈夫、分かっている。

辛いのは私じゃなくて、白月病にかかっている方々だ。作ったお料理を食べてもらえなかったとしても、悲しんだりしない。

でも――食べてもらえたら、嬉しい。

食べたくなるような美味しい料理を作らないと。

私たちはミハエル先生の案内で、療養所にある調理場へと向かった。

途中通り過ぎた病室のベッドには、生気を失ったような真っ白い顔と髪をした患者様が何人も横になっていた。

「元々一階は病室としては使用していなかったのですが、患者は増える一方で、王国の各地からここに預けるために病人をその家族が連れてくるのです。いつもベッドが不足していて、空き部屋も使用している状態です」

歩きながら、ミハエル先生が言う。

「家では見られないと、ミハエル先生に皆、患者を押しつけるのだろう。白月病の患者の面倒を見てくれる場所は少ないからな」

「ここに連れてこられた者たちは、幸せでしょう。最後まで、面倒を見て貰えるのですから。忌避され、捨て置かれ……亡くなるまで放置される者も多い」

ロクサス様の後に、シエル様も続けた。

シエル様のお母様は白月病だったとは言っていなかった。けれど、病で亡くなっている。私のお母様も——私のお母様はどうだったのかしら。

病で亡くなったのかしら。私は物心つく前のことを、よく覚えていない。お母様が生きていたとき私はまだ赤ちゃんだったから、お母様の顔も声も、思い出せない。

「病で亡くなってしまうのは、悲しいことです。……本人も、ご家族もとても辛いですよね」

できれば、苦しいことなんてなにもなくなればいいのに。美味しいものを食べて、笑って過ごすことができればいいのに。でもそれはすごく難しい。この国の人たち全員を救うことなんて、誰にもできない。

分かっているけれど、悲しい。

「――そうですね、リディアさん。大切な家族を失うことは、病であっても、他の理由であっても、辛いことです」

ミハエル先生は、それから、「でも」と、続ける。

「人は誰でも、いずれは死にます。病以外でも人は死ぬ。私たちは誰しも死への道を歩んでいる。生を苦しみ、救いの死を。白い月の楽園に向かうために――この国ではそう言われています。……だとしても、命を繋ぎたい。救える命があれば、生を続けることができるのなら、私はそれを望みます」

ミハエル先生は「患者は、今は二十人います。料理をよろしくお願いします、リディアさん」と言って、仕事に戻っていった。

調理場にお鍋と背負いカゴ、調味料などをシエル様とロクサス様に頼んで置いてもらった。

療養所の調理場を見渡して、私は気合を入れるために両手を握りしめた。

「よし……！　タコリゾットを二十人前……先生や看護人さんたちも食べるかもしれないから、多めに作りましょう！」

「リディアさん、何か手伝えることはありますか？」

「リディア。俺も手伝ってやる」

シエル様とロクサス様が話しかけてくるので、私は感謝の気持ちを込めて微笑んだ。

「シエル様はそれでしたら、お皿を準備したり、ほうじ茶用のお湯を沸かしたりしてください。ロクサス様は座っていてください。できるだけ動かないでくださいね」

「わかりました、リディアさん」

「何故俺は動いてはいけないんだ」

ロクサス様は釈然としなそうに言いながらも、調理場の作業台の椅子へと座ってくれた。

メルルが私の肩から降りていってロクサス様の膝の上に飛び乗ると、丸くなった。ロクサス様は
「な、懐かれているのか、俺は……」と、戸惑っていた。

メルルは座り心地のよさそうな場所ならどこでも乗って丸くなるので、ロクサス様の膝の居心地がよさそうだったのだろうと思う。ロクサス様は特に怒っている様子はない。案外動物が好きなのかもしれない。

私は調理場を見渡して、軽く息を吸い込む。

「さぁ、頑張りますね！　出張大衆食堂ロベリア、開店です！」

大きな声で言うと、シエル様が少し驚いたように目を見開いた。それから優しく微笑んでくれる。

「リディアさん……なんというか、元気が出ますね。まるであなたの食堂にいるようで」

「ありがとうございます、シエル様。私も少し、緊張がほぐれる気がするんです」

照れながら私が言うと、シエル様は頷く。

「それはとても大切ですね。それでしたら僕とロクサス様は、出張大衆食堂ロベリアの店員、といった感じでしょうか」

「シエル様とロクサス様が？　そ、それはとっても、申し訳ない気がします……」

大衆食堂の店員をしていただけるような身分の方々ではないもの。

今日は――特別だ。

「俺はそれで構わない。……タコの時間を奪うぐらいしか、仕事をさせて貰えないがな」

「僕もお湯を沸かすぐらいしかできませんが……あ、スイカの種も消滅させることができましたね」

「すごく助かってます……お二人とも、ありがとうございます」

私はぺこりとお辞儀をした。

それから、半袖だけれどなんとなく袖をめくる仕草をする。

「それじゃあ、お料理をはじめますね！」

「ええ、リディアさん」

「リディア、大丈夫だ。自信を持て」

うん。私は、一人じゃない。

シエル様もロクサス様もいてくれる。だから——頑張ろう。

私はお米を研いだあと水につけて、それから玉ねぎをみじん切りにした。鍋に入っているくたくたに茹でられた柔らかいタコをまな板にのせて、小さく切っていく。

「リディア、昨日のタコの唐揚げも、美味かった。兄上も喜んでいた」

タコを切っているとロクサス様が話しかけてきた。

「……レイル様のお加減はいかがですか？」

「嘘のように元気だ。食欲も戻り、よく眠れるらしい。王都邸には信用できる使用人しか置いていないのでな、兄上の様子がジラール家にいる父上たちに伝わることはないと思うが」

ジラール公爵領にあるご実家には、ロクサス様とレイル様のお父様とお母様がいる。

二人とも、実のご両親だ。私のように、継母ではなくて。

「……ロクサス様のお母様も、お父様と同じで、レイル様のことを……」

お母様も——レイル様のことを、もう治らないからと見捨てたのだろうか。

「母上は、どうだろうな。ジラール家では、家長である父上の言葉が絶対だ。今は俺を恐れて皆、従っているが。今まではずっとそうだった。父が黒といえば、白いものも黒になる」

「レスト神官家も、一緒です。……お父様が、全てでした」

「お前の母親は……その、血のつながった母親のことだが」

「私、あんまりよく覚えていないんです。私が物心つく前に、亡くなってしまったから。お父様はお母様のことを話すことはなくて、使用人たちもお父様に従っていましたから……」

「そうか。貴族の家は大抵の場合、どの家も皆同じだ。シエルもそうだろう」

ロクサス様に言われて、シエル様は「そうですね」と、軽く頷いた。

「兄上はやはり、家に戻る気はないようだな。今は体力を戻すため、庭で剣の素振りなども始めている」

ロクサス様は呆(あき)れたように、けれど少し嬉しそうに言った。

「……よかったです」

不安だった。もしレイル様の具合がまた、悪くなってしまったら、と。

でも——レイル様は、元気になってくれた。

私は玉ねぎをしんなりするまで深めの大きなフライパンで炒めて、そこにお米を入れる。

お米と共に玉ねぎを炒めたら、シエル様に持ってきてもらったお鍋に半分ぐらい入っているタコの茹で汁と、細かく切ったタコを入れた。

「レイル様みたいに、ここにいる皆さんも、元気になってくれたら……そう、思います」

「リディア。お前は、自分の持つ力に怯(おび)えているように見えた。その気持ちは、俺にも分かる」

「だ、……ええと、だい、こん、魔法……」

「奪魂(だっこん)だ……！」

「だっこん魔法……」

「死を与えるだけの力だ。そう思っていたが、違う考え方もあるのだな」

「煮込み料理に最適です。私もシエル様が、一歩前に踏み出す勇気をくださったから、ここで料理をしてみようって、思えたのです」

「シエルが」

「はい……本当は、怖くて。いつも、怖いです。期待をしていただくのが……期待を裏切ってしまうのが。私に聖女の力があるなんて思えないのにって。頑張ろうって思っても、同じぐらい、言い訳ばかり考えてしまって」

弱火でふつふつとリゾットを煮込んでいる間に、残りのタコを一口大に切って、お鍋に入れてお醬油とお酒と砂糖で薄く味付けをして煮ていく。リゾットが嫌いな人もいるかもしれないし。お料理をもう一品作りたい。

お料理、作ろうって思える。緊張、していない。いつものロベリアで、お客さんたちに料理をしているみたいな気分だ。

すごく、落ち着いている。

シエル様の前で小さな子供みたいに泣いてしまった日から、なんだか心が以前よりも少し強くなったみたいだ。

「ずっと、怖かったですけれど。シエル様が、私を抱きしめてくださって……すごく、心強くて。泣いている時に抱きしめて貰うと、安心します。大丈夫だって、思えたから。頑張ってみよう、って」

本当に、そう思えた。

病室で眠る白月病の方々は、今にもその命が尽きてしまいそうに見えた。

できることなら、私の料理で元気になって貰いたい。レイル様みたいに――美味しいって、食べて貰いたい。

「……そうか。……待て、リディア。やはり、シエルはお前の」

「友人ですよ。僕でよければ、いつでも。お友達、ですからね」

シエル様が穏やかな口調で言ってくれるので、私はにっこり笑った。

「はい！」

ケトルでお湯を沸かした後に、シエル様はお皿やカップなどを戸棚から出して調理台に並べていく。

包丁やまな板を洗っていた私は、なんだか照れてしまって頬を染めた。

私はシエル様のことが、好き。

ずっとお友達でいてくださると、嬉しい。

「人の温もりは、安心します。……私、誰かに抱きしめられたことって、なかったので」

「友人としてな」

ロクサス様が眉間に皺を寄せながら、「俺は友人ではないのにな」と、苦々しげに言った。

「やはり、第一印象が悪かったのか……それはそうだな、仕方あるまい。だが、そこまで嫌われているというわけでもないのか……」

ロクサス様が何かをぶつぶつ言っている。メルルがうるさいとでも言うように起き上がって、ロクサス様の手をパシッと叩いた。「叩くな、青キツネ」と言われて、メルルはロクサス様からぷいっと顔をそむけた。青キツネと言われたのが気にいらなかったみたいだ。

調理場が食欲がそそられる美味しい香りでいっぱいになる。メルルがくんくんと鼻を動かして、「ぷくぷく……！」と言いながら、嬉しそうにぱたぱた尻尾を振った。

「女神アレクサンドリア様。どうか私に力を貸してください。苦しんでいる人たちが、癒やされますように」

私は祈るようにそう呟（つぶや）いた。

それから、リゾットとタコの柔らか煮の煮え具合を確認する。

お鍋の蓋をとると、美味しそうに煮えたお米と、かまなくても食べられそうなタコの柔らか煮が顔を出した。

うん、美味しそう！

「できました！　病を癒やす柔らかタコの優しいリゾット、ふんわりタコの柔らか煮です！」

お鍋の中の料理が、まるで私の願いを聞き入れたように、きらきらと輝いているように見えた。

◆オリビアちゃんとミハエル先生

料理が終わったことをロクサス様がメルルを頭に乗せながらミハエル先生に伝えに行ってくれた。シエル様と一緒にお皿にタコのリゾットと柔らか煮を盛り付けていると、少ししてやってきてくれたミハエル先生とそれから、看護人の女性の方々がお皿をトレイに載せて運ぶのをお手伝いしてくれた。

「美味しそうですね、リディアさん。タコですか。タコはベルナール人なら皆好きですからね」

「タコ、硬いイメージですけれど、とっても柔らかく煮えているので大丈夫だと思います。かまないでも食べられるぐらいに柔らかいのですよ」

「それはいい」

ミハエル先生がお皿を運びながら、私に話しかけてくれる。

どこなく怖そう——というよりも厳しそうな方だけれど、口を開くと気さくな印象を受ける。怖い男性は苦手なので、少し安心した。

食事用のお部屋の広いテーブルにお皿を並べて、昼食を知らせる手持ちのベルを、看護人の方が鳴らした。

「実際、こうして食事の時間だと呼んでも、自らここに来る患者はごく少数なのですけれどね」

ミハエル先生は眉間に皺を寄せる。

「内臓などには、何の異変もなく問題ないのですが。ただ、食べたくないと言われてしまっては。無理やり食事を口に押し込むわけにもいかない。……結局、そんなことをしても吐き出してしまうのです」

「……少しでも、口に入れてくれるといいのですけれど」

白月病になりたてのまだ動ける方々もそうだとしたら、病床で寝込んでいる方々はもっとよね。

食事場に誰か来てくれるかしらと思いながら、私は両手を胸の前で組んで待った。

シエル様とロクサス様は私を挟んで両隣に立ってくれていて、何も言わずに辛抱強く患者様の訪れを待っている。

ややあって、十歳程度に見える小さな女の子が扉の向こうからちょこんと顔を出した。

病衣ではなくて、ワンピースを着ている。

ふわふわした髪の毛はたんぽぽのようで、肌も髪も白くて、瞳だけは透けるような青空みたいな色をした、愛らしい女の子だ。

「先生、ご飯、できたの？」

「あぁ、オリビア。食事の時間だよ。今日は食べられそうかな」

「あんまり、食べたくないけど……ベルで、呼ばれたから」

どこか緊張した面持ちで食事場に入ってくるオリビアという名前の女の子に続いて、何人かの痩せ細った女性や男性たちも、中に入ってきてそれぞれ席についた。

けれど、皆どこかぼんやりと虚空を見つめているようで、スプーンを手に持とうとしない。

「今日のご飯は特別だって、看護のお姉さんが、言っていたの」

オリビアちゃんがミハエル先生を見上げて言った。

「あぁ。今日は特別に、街で評判の料理人のリディアさんが食事を作ってくれたんだ。セイントワイスのシエル様と、ジラール公爵家のロクサス様の紹介でな。少しでも、食べてくれるといいのだが」

優しくミハエル先生が言葉を返したあと、私は膝を曲げて、オリビアちゃんと視線を合わせて、口を開いた。

「あ、あの……タコのリゾットです。タコですけど、ふにゃふにゃで凄く柔らかいので、食べやすいと思います……」

「ふにゃふにゃ、タコ……？」

「はい……！　ふにゃふにゃなんです、ともかく、ふにゃふにゃで、柔らかいのです」

「お姉さん、面白いのね！」

私が身振り手振りでタコの柔らかさを伝えると、オリビアちゃんは嬉しそうに笑った。

「でも……いい匂いがする。美味しそうな匂い」

オリビアちゃんは自分の席に座ると、お皿の中をのぞきこんでいる。

シエル様が私の耳元に唇を寄せて、小さな声で囁いた。

「……オリビアさんは、ミハエル先生の娘さんなんです」

「……っ」

私はびくりと震えた。

耳元で囁かれてこそばゆいというのもあったけれど、その内容の方にびっくりしてしまって、目を見開いてシエル様を見つめる。

シエル様はそれ以上は何も言わずに、オリビアちゃんとミハエル先生に静かな視線を向けていた。

「お料理、とっても美味しそう。……お姉さんが作ってくれたのだし、食べないというのは、失礼よね、先生」

オリビアちゃんは唇をきゅっと結んだあと、ためらうように眉を寄せた。

それからうかがうようにミハエル先生を見上げる。

明るく振る舞おうとしてくれているけれど——本当に、食べたくないのだろう。

オリビアちゃんは白月病を患っているのだから。レイル様は、無理をして食べてくれたけれど、オリビアちゃんはレイル様よりもずっと年下だ。まだ、子供。

それでも病を癒やすためだと、今までもミハエル先生に言われながら、一生懸命お食事を口に運んでいたのかもしれない。ずっと、ずっと、頑張っているのよね、きっと。

「そうだな。リディアさんがせっかくここまで来てくれて料理を作ってくれたのだから、その気持ちに報いるためにも、食べなさい、オリビア」

ミハエル先生はオリビアちゃんの肩に手を置いて、頷く。

「一口でもいい。少しでいいんだ。オリビア、リディアさんの料理はきっと、美味しい」

気遣いと優しさ、それから僅かな厳しさの滲む瞳で、ミハエル先生はオリビアちゃんを覗き込む。

まるで祈るように――瞳の奥の必死さを押し殺して、辛抱強くミハエル先生はオリビアちゃんをじっと見つめ続けている。

今までのミハエル先生は、お医者様の顔をしていた。けれど今は、お父さんの顔をしている。

ご自分の娘さんが病に罹患して、ただ弱っていく姿を見ているしかできないなんて、どんなに辛いだろう。

少しでも食べて欲しい。元気になって欲しい。そう願うのは当然だ。

けれどオリビアちゃんの辛さをミハエル先生は理解しているから、寄り添うように、オリビアちゃんの決断を待っている。

オリビアちゃんもきっとミハエル先生の気持ちが分かるから、心配をかけないように、一生懸命明るく気丈に振る舞ってくれている。

どんなに苦しいだろうと思う。

ずっとそうして、二人で頑張ってきたのだろう。

どうか――少しだけでも食べて欲しい。

そしてもし、できることなら、私の料理で――オリビアちゃんを、救いたい。

「……お腹は、空いている気がするの。でも、虫の声がうるさくて、こうしてお話しするのも、本当は、大変で。胸がいつも、ムカムカしてしまって」

オリビアちゃんの瞳が僅かに潤む。けれど、口元には笑みが浮かんでいる。無理に、笑みを浮かべようとしてくれている。たぶん、私に心配させないように。

「……オリビアちゃん、無理はしてほしくないです」

泣いちゃだめだと分かっているのに、小さな女の子が口にする言葉が、あまりにも辛くて。

涙の膜が瞳をおおって、視界がぼやけてしまう。

「お姉さん、泣かないで。お姉さんのお料理は、美味しそうなの。ちゃんと、美味しそうなのよ」

「ごめんなさい、気を使わせてしまって、私……」

「お姉さん……あのね、少し、食べるわね。だから、泣かないで」

体が辛いはずなのに、私のことを気づかってくれるオリビアちゃんの姿に、泣いている場合じゃないと自分に言い聞かせて、私はごしごしと目尻を擦った。

オリビアちゃんはスプーンを握りしめて、一口、タコのリゾットをすくう。

それから、ゆっくりと口に運んだ。

「――美味しい！」

一口、口にして、こくんと飲み込んだあと、オリビアちゃんは花が咲いたようににっこり笑った。

きらきらした瞳で、お皿の中のタコのリゾットを見つめている。

「すごく美味しいわ、お姉さん！」

「オリビア……！　本当か、オリビア!?」

その様子を見守っていたミハエル先生が、身を乗り出すようにして言った。

「味が分かるのか、オリビア！　吐き気は？　無理はしていないか？」

「うん。美味しい！　吐き気もしないの。胸に詰まっていた何かが、取れたみたいで……頭も、痛くない。苦しくも……あれ……？」

オリビアちゃんが不思議そうに首を傾げる。

「虫の声が、しないわ。ずっと頭の中で、ぶんぶん言っていた羽の音が、しないの。羽の音に混じってしていた女の人の声も、聞こえないのよ」

「女性の声……？」

シエル様が眉をひそめて、小さな声で呟いた。

「女の声、とは。兄上はそのようなことは言っていなかったな」

「僕も、はじめて聞きました」

ロクサス様とシエル様が、密（ひそ）やかな声で言葉を交わしている。

その間にもオリビアちゃんはぱくぱくと、リゾットを口に運んでいる。

「美味しい、美味しい……ご飯、美味しい……お米もタコも、甘くて、美味しい……！」

「オリビア……！」

「お父さん、ご飯が食べられるわ、私……」

オリビアちゃんが、ミハエル先生を、はじめて先生じゃなくてお父さんと呼んだ。

ミハエル先生の瞳が涙に潤んでいる。

看護人の女性たちが顔を見合わせて、「まさか」「奇跡だわ……!」と、口々に言った。

オリビアちゃんの様子を見ていた他の患者さんも、それぞれスプーンを手にして、リゾットを食べはじめる。そこここで「嘘みたいだ」「美味しい」「食事が、食べられる……」という声があがった。

皆――ご飯を食べてくれている。

美味しいと言って、私の作ったご飯を――。

「……リディア。よく頑張ったな」

ロクサス様が短く言った。

「リディアさん。……大丈夫ですか?」

シエル様が心配そうな視線を私に向ける。

私は体の力が抜けるみたいに、ふらふらして床に膝をつきそうになる。

両側から、ロクサス様とシエル様が手を差し伸べて、助けてくれる。

「……よかったぁ……」

ただただ、オリビアちゃんが、そして他の患者さんたちが、ご飯を食べてくれるのが嬉しい。

みんなが喜んでくれるのが、嬉しい。

「よかったです、ご飯、食べてもらえた……」

堪えていた涙が、ぽろぽろとこぼれ落ちる。

「リディアさん、ありがとうございます……本当に、ありがとう。皆、病室の患者のもとへと料理を運ぼう。嫌がるかもしれないが、一口だけでも口の中に入れるんだ」

ミハエル先生の指示で、看護人の方々がそれぞれトレイを手にして、病室に向かう。

ばたばたと慌ただしい足音と共に、看護人の方々が部屋からいなくなっていく。

「お姉さん！」

タコのリゾットとタコの柔らか煮を全て綺麗に食べ終えて、オリビアちゃんが私の元へと走ってきて、私の腰に抱きついた。

「お姉さん、ありがとう、すごく美味しかった！」

「よかったです……ご飯、食べてくれて、こちらこそありがとうございます……！」

オリビアちゃんの小さな体があたたかい。

溌剌（はつらつ）とした瞳や、声。私に抱きつく腕にもちゃんと力が籠っている。

私――できた。

ちゃんと、病を癒やすことが。多分だけれど、できた。オリビアちゃんが、元気になってくれた。

――よかった。本当に、よかった。

「お姉さん、また泣いているのね！」

オリビアちゃんは私のお腹のあたりに埋(うず)めていた顔をあげると、明るい声で笑った。

「こんなに体が軽いの、いつぶりかな……。私、二年前に病気になってしまったの。白い月からお迎えが来るのは、今日かもしれない、明日かもしれないって、毎日思っていて」

「オリビアちゃん……」

「とっても、怖くて。……皆は、白い月に行くのは、幸せなことだって励ましてくれたけれど、白い月に行ってしまったら、お父さんともう会えなくなってしまうもの。……それは嫌だなって」

「……オリビアちゃん、辛かったですね。体も心も辛いのに私に気をつかって、ご飯も食べてくれて、ありがとうございます……」

私は床に膝をつくと、オリビアちゃんの体を抱きしめて何度もお礼を言った。

勇気を出してくれて、頑張ってくれて。オリビアちゃんが食べてくれたから、他の方々も食べようって思ってくれた。オリビアちゃんが頑張ってくれなければ、誰も食べてくれなかったかもしれない。

「お姉さん、可愛いから、悲しそうな顔を見たくないって思ったの。私、可愛いものが好き」

「オリビアちゃんのほうがずっと可愛いですよ。私は……」

「お姉さんは、可愛い。そういえばリーヴィスさんが、シエル様に恋人ができたって言っていたのよ」

「恋人……？」

「ええ。お姉さんのことなのね。とても素敵！」

「……ち、違います、シエル様はお友達です……シエル様に、恋人が……」

知らなかった。ちょっとショックだ。

「じゃあ、ロクサス様は、なんでしょう。親切な知り合いです」

「ロクサス様の恋人？」

「親切な知り合い……」

ロクサス様が憮然とした表情で、私の言葉を反芻した。

「僕に恋人はいませんよ、リディアさん。リーヴィスが、リディアさんは僕の恋人だと、勝手に言っているだけです。すみません」

「そうなんですね……よかったです」

すごくほっとした。だって、シエル様に恋人がいたとしたら、私は抱きついたり、一緒に夜ご飯を食べたりしてしまったし。恋人の方に申し訳ないもの。

シエル様は私の隣に片膝をついてしゃがむと、オリビアちゃんの顔を覗き込んだ。

「……オリビアさん、頭に響いていた虫の羽の音は、本当にもうしないのですか？」

「もうしないのよ。シエル様、いつも心配してくれて、ありがとう」

「元気になってくれて、嬉しいです。女の人の声も、しませんか？」

「しないわ。……最近、とくにうるさかったの。こっちにおいで、こっちにおいでって、呼んでいる声。私は、白い月の声だと、思っていたけれど」

「そうですか……教えてくれて、ありがとうございます」

「お姉さんはシエル様のお友だちなのね。恋人じゃないのね」

「ええ。お友だちですよ」

「そうなの。……シエル様、お姉さんと仲よしみたいに見えたから、恋人かと思ったのに」

「恋人ではありませんが、仲よしですよ」

「そうなの。……シエル様、お姉さんが好きでしょう？　内緒にしておくわね」

オリビアちゃんは私から離れると、シエル様の耳元で何かを囁いた。

シエル様は口元に笑みを浮かべると、ゆっくり頷く。

何を囁かれたのかまるで聞こえなかったけれど、お兄さんと年の離れた妹みたいな、微笑ましい光景だった。

「シエル様も、ロクサス様も、お姉さんをここにつれてきてくれてありがとうございます」

綺麗な所作でスカートを摘まんで、にっこり微笑むとオリビアちゃんはお辞儀をしてくれた。

私とシエル様は立ち上がる。ロクサス様の頭の上に乗っていたメルルが、オリビアちゃんの肩にぴょんと飛び乗って、そのふわふわの顔をオリビアちゃんの顔に擦り付けた。

「きゅ！」

「ふふ、可愛い。可愛いわ、あなたは誰？」

「その子はメルルです。メルルも私のご飯を食べて元気になったので、一緒だって、言っているのかもしれません」

「そうなのね。あなたも、同じ。お姉さんのお料理とっても美味しいわ。元気になって、嬉しいわね。ご飯が美味しいってすごく、幸せなことね」

オリビアちゃんはメルルを小さな手で撫でる。メルルは満足げに目を細めた。

患者さんたちを見て回るために一度退室していたミハエル先生が戻ってきて、オリビアちゃんの隣に並ぶ。

オリビアちゃんはミハエル先生の手をぎゅっと握りしめた。メルルはぴょんと私の肩に飛び乗ると、くるっと尻尾を私の首に巻いて丸くなった。

看護人の方々が何人か戻ってきて、食堂でご飯を食べ終わって生気を取り戻したような患者さんたちを促して、部屋に連れて行く。

皆、私の傍（そば）を通り過ぎる度に「ありがとうございます」「まるで、聖女様だ」「感謝します、聖女様」と、深々と頭をさげた。

聖女様と呼ばれることも、感謝されることにも、慣れない。私はシエル様の後ろに少しだけ隠れて、恐縮しながらぺこりとお辞儀を返した。

「ミハエル先生、他の患者たちの様子はどうですか？」

シエル様が尋ねる。

「驚くほどに元気になっている。食事を一口食べた途端に、顔色がよくなり、もっと食べたいと皆、口にしている。今までが、嘘のようだ」

「そうですか。それは、よかった」

「あぁ。ありがとう、リディアさん。全てあなたのおかげだ」

「い、いえ、私、料理をしただけで」

私は小さな声で返事をした。

「その料理が皆を、オリビアを救ってくれた。……感謝してもしきれないほどです」

「皆、体が辛いのに、頑張ってご飯、食べてくれて。嬉しいです。こちらこそ、ありがとうございます」

私にとっては、それだけで十分で。

シエル様が魔力診断をしてくれたから、私には魔力があると分かっていて、私の料理には癒やしの力があると、自信を持ってもいいはずなのに。

感謝の言葉は慣れなくて。それでも、ご飯を皆さんが頑張って食べてくれたことが嬉しいから、私はできるかぎり微笑んだ。ちょっとぎこちなかったかもしれないけれど、泣き顔よりは、笑顔のほうがいいわよね、きっと。

「シエル君。君は、街で評判の食堂の料理人の女性を連れてくると、私に言った。名前はリディアさんだと。私はリディアさんが、君やリーヴィス君の言っていた聖女、リディア・レストであると勿論気づいていた。……けれど、何故最初から聖女だと言わなかった？」

「僕もリディアさんが聖女であると、確信していました。ロクサス様も同様に」

「あぁ。かねてから先生に相談をしていた兄が、リディアの料理で病を癒やした」

「レイル様が……」

ロクサス様の言葉に、ミハエル先生は深く頷いた。

「ですが、リディアさんは自分の力に最近気づいたばかりです」

シエル様が静かな口調で続ける。

「病を癒やすための料理だと言ってしまえば、その重圧はとてつもなく大きいものになる。もし駄目だったらと考えてしまえば、立っていられなくなってしまうほどに責任を感じてしまう。……先生は気づいていたでしょうが、患者たちには隠していて欲しかった。過度な期待を向けられる恐怖を、リディアさんに味わわせたくなかった。隠していて、すみませんでした」

「私が、自信を持つことができていれば、よかったんです、本当は。私、聖女だから、皆の病を癒やせるって、胸を張って言うことができれば、気をつかって貰わずにすんだのに。でも、私、自信がなくて……」

「リディアさん。それは——当然だ。謝るべきことじゃない。私は医師だ。人の命を扱う。その怖さや責任は理解している。……皆の為に、頑張ってくれて本当にありがとう」

ミハエル先生はゆっくり深く、長い時間頭をさげていた。

私はシエル様のローブを軽く摑んだ。お礼は沢山言ってもらった。だからそんなに頭をさげなくても大丈夫だ。

私が口を開こうとすると、ロクサス様が私の肩に軽く手を置いて、首を振った。

何も言うなということだろう。

やがて深く頭をさげていたミハエル先生が、顔をあげてくれた。

「リディアさん、疲れたでしょう。オリビアも、皆も。少し座りましょうか。もしよければ、珈琲(コーヒー)を飲みますか?」

「は、はい……私、甘いのが好きで、あとミルクもいっぱいのほうが……」

「それでは、甘いカフェオレを。シエル君は何も入れないのだったな。ロクサス様は」

「俺も、何も入れずとも大丈夫だ」

「ロクサス様、いつもお砂糖とミルクを入れていたわよ」

オリビアちゃんがくすくす笑いながら言った。ロクサス様は「そ、そうだったな。では、そのように」と、狼狽(うろた)えながら答える。

「甘い珈琲、美味しいですよ、ロクサス様。私、苦いのは苦手で。一緒ですね」

「そ、そうだな、一緒だな……」

ロクサス様は大人だけれど、甘い珈琲が好き。それは別に、悪いことじゃないと思う。

私も甘いほうがいいし、ミルクがたっぷり入っていたほうがいい。

私たちは食堂の開いている席に座った。看護人の方が調理場から珈琲を持ってきて、私たちの前に並べてくれる。

せっかくなので、カップを手にして口をつけた。カフェオレの甘さとまろやかさと少しの苦みが、口の中にふんわりと広がる。

オリビアちゃんの前にはオレンジジュースが置かれている。オリビアちゃんは嬉しそうにそれを口にした。

「美味しいです、ありがとうございます、ミハエル先生。カフェオレを飲むと、ほっとしますね」

「珈琲には心を落ち着ける効果がありますね。それから糖分にも。ミルクには、胃を保護する効能が。カフェオレとは理にかなった飲み物です」

ミハエル先生の説明を、私は興味深く聞いていた。飲み物に、心を落ち着ける効果があるのね。

それってとても大切なことよね。覚えておこう。

「――リディアさん。シエル君やロクサス様はご存じのことですが、私は元々聖騎士団に所属していて、軍医をしていました」

大切な秘密を口にするようにして、ミハエル先生が低くよく通る声で言った。

オリビアちゃんが少しだけ悲しそうに目を伏せる。

「聖騎士団……レオンズロアですね。ルシアンさんの」

「ええ。ルシアン様の直属の部隊は第一部隊、それから第二、第三と、分隊長の率いる部隊がいくつかあります。私が所属していたのは直属の部隊ではありませんでしたから、そこまで親しく関わっていたというわけではありません。第一部隊は聖都に。他は主に、地方の守護や魔物討伐などを任されています」

「レオンズロアの騎士の方々はたくさんいるのですね……」

「レオンズロアに所属できるのは騎士を志望する者たちにとっては名誉です。かつて——私はキルシュタインの制圧にも従軍しました。あのときはもっと若かったですが。王国を、人々を私は守っているのだと。レオンズロアの軍医でいることは、私の誇りでした」

「キルシュタインの戦争に……」

それは、学園の授業で習った。

キルシュタイン王国とはベルナール王国の隣国であり、敵国だった。常にベルナール王国を侵略しようとしている小国で、国境を侵して国境にある街や村をキルシュタイン人が焼いたために、国王ゼーレ様が軍を率いて制圧をしたのだと。昔の話だ。私は授業で習ったことしか知らない。

授業で習った戦争に参加していたという話を聞くのはこれがはじめてだ。ロベリアには騎士の方々がたくさん来るけれど、ルシアンさんは戦争の話はしない。ルシアンさんもまだ若いので、キルシュタインの制圧戦には参加していなかったのだろうとは思うけれど。

「王国がキルシュタイン人に怯えなくてすむのは、私たちが戦ったからだと……私はずっとそう思っていました。だから元々私はここで働いていたというわけではありません。この療養所は私の父のものでした。私は白月病の患者を受け入れる父を、蔑んでいた。治らない病気を診ることに、なんの意味があるんだと」

ミハエル先生のお話に、私は何度か瞬きを繰り返した。

どういうことかしら。ミハエル先生は、白月病を専門に診ている先生なのに。

「で、でも、ミハエル先生は、熱心に患者さんたちを……」

「二年前、一人娘のオリビアが病気に。そのとき私は仕事が忙しく、ほとんど家に帰らなかった。この子の母は……妻は一人でオリビアの病に悩み、私が気づいた時には心身共に、病んでしまっていた。……私のせいだと思いました。白月病を診る父を馬鹿にし、どうせ治らないから無駄だと平然と口にしていた、私のせいだと」

ミハエル先生の声は、少し震えていた。

オリビアちゃんが心配そうに、ミハエル先生を見上げている。

「私は軍医をやめて、老齢の父からここを引き継いだ。オリビアを治すために。他の患者たちへの、罪滅ぼしのために。けれど、やはり治療法を見つけることはできず……リディアさんは絶望しかなかったこの療養所に、希望を齎してくださった。何度も感謝してもしたりないぐらいに、あなたに感謝しています」

「はい……あの、よかった、です。……オリビアちゃんと皆さんが元気になってくれて、よかった」

私はなんとかそれだけを口にした。胸が一杯で、言葉が上手にでてこない。

「お姉さん、お母さんは死んでしまったみたいだけれど……私はよく覚えていないの。でも、私にはお父さんがいる。だから、生きていられて嬉しい」

オリビアちゃんが微笑んだ。ミハエル先生はオリビアちゃんを抱きしめて、嗚咽を漏らした。

「オリビア、すまなかった。よく、頑張ってくれた。ありがとう、オリビア……！」

「お父さん……」

堰を切ったように、オリビアちゃんの大きな瞳から涙が流れ出した。

オリビアちゃんはミハエル先生の体に縋り付くようにして抱きついて、大きな声をあげて「お父さん、お父さん」と言いながら泣いていた。

嬉しいけれど、切なくて。少し苦い。それはカフェオレの味と似ている。

ぽろりと涙がこぼれたので、私は手の甲でごしごしと擦った。

しばらくして涙が落ち着くと、ミハエル先生とオリビアちゃんは二人とも少し恥ずかしそうにしていた。

帰り支度を整えた私たちを、看護人さんの方々と、歩くことができるようになった患者さんたちと皆で、療養所の前に並んで見送ってくれた。

「お姉さん、お父さんと一緒にお姉さんのお店にごはんを食べにいくわね！」

「はい！　いつでも来てください。可愛い猫ちゃんハンバーグもありますし、オリビアちゃんのためにスペシャルスイカぎざぎざサメプールも作っちゃいます」

「猫ちゃんハンバーグ、食べたいわ。スペシャルスイカぎざぎざサメプール？」

「楽しみにしていてください。サメみたいにくり抜いた大きなスイカの中に、果物がいっぱい入っているんです。きっととても美味しいですよ」

身振り手振りでサメの形を表現すると、オリビアちゃんは楽しそうに声をあげて笑ってくれた。

私たちは皆さんに口々にお礼を言われながら、療養所をあとにした。

療養所のある小高い丘からは、海の向こうの水平線が見える。

石段を降りる私の足元がおぼつかないと、ロクサス様がやや強引に私の手を握った。

「……リディア。お前の料理が皆を癒やした。喜ぶことはあれど、悲しむことはないのではないか」

私の手を引いて歩きながら、ロクサス様が言う。

皆さんとは笑顔で別れられた。でも、元気のない私の様子に気づいてくれたみたいだ。ロクサス様はよく分からない人だけれど、優しいところもある。

「……やっぱり、どうしても考えてしまうんです。今は少し元気になっただけで。明日には元に戻るかもしれない。明後日（あさって）には、元に戻ってしまうかもしれない。きっと大丈夫って思うのに……」

「考えすぎだ。人は様々な理由で命を失う。病気や事故のこともあれば、魔物に命を奪われることもある。同じ人間に、命を奪われることだって、少なくない」

「それは、そうかもしれないですけど……」

ロクサス様の言葉はとても冷たいように聞こえた。

けれど――ロクサス様は、死を与えることしかできない自分の力を、嫌っていて。

レイル様に生きて欲しいとずっと、願っていて。

だから冷たい人ではないことを、私は知っている。

「その中で、もう治らないと死を覚悟していた者たちが、食事をとれて、歩くことができるようになった。たとえ一時だとしても、それは喜ばしいことではないのか？」

「……そうです、よね」

「それに、レイルは何日たっても元気だ。早朝から外を走り回っている。お前が心配することは、何もない」

そう、かしら。

そうだと、いい。

ロクサス様は励まそうとしてくれているみたいだ。言葉はぶっきらぼうだけれど、ありがたい。

「リディアさん。……オリビアさんの母親は、オリビアさんと共に、心中しようとしていたんです……それを、たまたま家に帰ってきたときにミハエル先生がみつけて、オリビアさんだけは、なんとか助けたそうです」

石段を降り切ったところで、シエル様が静かに口を開いた。

「……そんな」

「ミハエル先生はずっと、ご自分を責めていました。全て自分のせいだと。自分は死んでもいいから、オリビアさんを助けたい、と」

「シエル様、私、何も知らなくて……オリビアちゃん、あんなに優しくて、いい子だったのに」

「オリビアさんの記憶からは、その時のことはごっそりと抜け落ちてます。けれど、その心には傷が。傷ついた子供は、物分かりがいいんです」

シエル様は物憂げにそう言うと、軽く首を振る。明るい日差しが、シエル様の髪の宝石を輝かせた。

「……けれど、今日のオリビアさんは、心から笑っていました」

シエル様は私の空いている方の手を、そっと握ってくれる。

「リディアさん。あなたは――ミハエル先生とオリビアさんを、そして皆を救った。胸を張っていいと、僕は思います」

シエル様の言葉が、体に染みこむようにしてじわりと心の奥から指先まで優しく行き渡っていく。

ほろほろ涙が零(こぼ)れるのを、シエル様がハンカチで拭ってくれた。

「私……役に立てたでしょうか。こんな私でも、役に立てるでしょうか」

「ええ。――あなたには女神アレクサンドリアの癒やしの力があります。あなたは、聖女だ」

「シエル様……」

「けれど……それを抜きにしても、あなたの存在は僕を救ってくれる。あなたの優しさと勇気に、感謝と敬意を」

「あぁ。お前はよく頑張った、リディア」

シエル様とロクサス様の手が、私を労うようにして頬に触れ、髪に触れる。

私は一度俯いて、それから顔をあげると、笑顔を作った。

私にもできることがある。

もう少し――自信を、持ちたい。

できることなら次はきっと――苦しんでいる人に手を伸ばして、私がいるから大丈夫だって、胸を張って言いたい。

終章 ✦ 夏といえば海辺で高級食材バーベキュー

市場のすぐ傍（そば）に、白い砂浜と青い海が広がっている。

雲ひとつない真っ青な空。海鳥の声が遠く響いている。ざざ、と白い波が寄せては返す音。太陽の光が海をエメラルドグリーンにきらきらと輝かせている。

さくっと砂浜を踏み締める。サンダルの隙間から入ってくるサラサラの砂は少し熱くて、海の香りなのか砂の香りなのか分からないけれど、僅かにバニラビーンズに少し似ている匂いがした。

海に隣接している街である聖都アスカリットでも、砂浜があるのは南地区アルスバニアだけ。

夏真っ盛りの今は、砂浜の手前側には沢山の海の家が並んでいて、パラソルや波乗りボードなどの貸し出しも行われている。

波乗りボードを使用できる場所と子供たちが遊ぶことができる波が緩やかな場所は区切られていて、海での事故が起きないように、商業組合に雇われた屈強な男性が海辺に設置された櫓（やぐら）の上に座って辺りを監視してくれている。

浅瀬の前の砂浜では子供たちが砂のお城を作ったり、穴を掘って海水を引き込んで遊んだり、その中に岩場で捕まえてきたのだろうまるっこい小さなカニを入れたりしている。

私はこの日のために買った水着をワンピースの下に着ていた。海の家には着替えをする場所もあるのだけれど、その方が早いとマーガレットさんに教えてもらったからだ。

マーガレットさんには、水着を買いに行くのにも付き合ってもらった。やっぱり一人だとちょっと不安だったので。どんな水着がいいのか分からなかったし。

そういうわけで、私は今日皆で海水浴に来ている。

シエル様とは海に行こうと約束していて、それをルシアンさんとシャノンに話したら一緒に行くと言ってくれた。シエル様とルシアンさんとシャノンと私——だと、なんとなく不安だったので、暑いのは嫌いだと嫌がるマーガレットさんにも無理矢理ついてきてもらった。

だって、海で遊ぶのに女性が私だけというのはなんというか、よくない気がする。

他の場所ならいいけれど、水着なんてちょっと恥ずかしい格好をするのに、私以外が全員男性というのはいけない気がした。

ということにふと気づいてしまった私は、マーガレットさんに「一緒に来てください」と泣きついたのだ。

マーガレットさんが女性かどうかはよく分からないのだけれど、少なくとも私にとってはお姉さんとか、お母さんとか、そんな感じがするもの。

マーガレットさんは「別にいいじゃない。侍(はべ)らせてきなさいよ、男たちを」とか、手をひらひらしながら言っていたけれど、あんまりよくない。あんまりよくないけれどせっかく買った水着は着たい。

私が「海で遊んだあと、ロベリアで朝までお酒飲んでいいですから……美味しいおつまみ、たくさん作りますから」と言ったら、「そうねぇ、海……海辺でバーベキューしながら飲む酒もまぁ、悪くないわね。リディアちゃん、出張大衆食堂ロベリアバーベキューよ」と言って、了承してくれた。

そんなマーガレットさんは、砂浜に貸し出しのリクライニングチェアをどん、と置いて、その上に寝そべっている。リクライニングチェアの隣にはテーブルがあって、果物いっぱいのカクテルが置いてある。

全身を隠す白いお洋服を着て帽子をかぶって黒いサングラスをかけている。完全防備という感じだ。

大きなパラソルの下なので、マーガレットさんは完全防備だけれど結構涼しそう。

パラソルや椅子などは「いつもお世話になっているから」と、ルシアンさんと一緒に来たレオンズロアの方々が準備をしてくれた。バーベキューコンロなどもそうだ。

レオンズロアの方々は準備だけしてくれると、颯爽と帰って行った。「団長の邪魔をしないのもできる部下だから」と言っていた。バーベキューをするのでせっかくなら食べていけばいいのにと思ったけれど、遠慮をされてしまった。

飲み物や冷え冷えのスイカの差し入れは、セイントワイスの皆さんからのものだ。セイントワイスの皆さんも「リディアさんとシエル様のために」と、私たちのパラソルの傍に氷魔法でできた保管箱を作ってくれた。

その中にスイカや麦酒やジュースなどを沢山置いて「シエル様の邪魔はしません」と言って、颯爽と帰って行った。

私はなにもしていない。海で遊ぶためには準備が沢山いるのかなと漠然と考えていたけれど、なにもしないのに豪華で居心地のいい浜辺のスペースができあがってしまった。至れり尽くせりという感じ。

本当はお弁当を作ってこようと思っていたのだけれど、バーベキューもするし、バーベキューの食材は届けて貰(もら)えることになっている。だから今日は本当に手ぶらだ。

「なんだか申し訳ないです……私が海に行きたいって言ったのに、全部用意してもらって」

木製の折りたたみチェアに座って、私は恐縮しながら言った。

「いえ、気にしないでください。僕がリーヴィスにリディアさんと海に行くと話したら、こんなことになってしまって。皆、リディアさんの役に立ちたいと思っているのでしょうね」

私の隣にシエル様は座っている。

シエル様は体に浮き出ている宝石について気にしているのだろう、体が隠れる黒いフード付きの上着を羽織って、足も足首までを隠している。いつもよりも薄着だし、マーガレットさんのように完全防備という感じはしないのだけれど。

胸元は少し開いているから、鎖骨の下に並んでいる赤い宝石は見えた。

体を宝石で飾っているみたいですごく綺麗だと思う。でも、隠したいことの一つや二つ、誰にでもあるわよね。私もお腹を出すのはちょっと恥ずかしいので、マーガレットさんにおすすめされた上と下が離れているまるで下着みたいな水着は断ったもの。

「そうだぞ、リディア。気にする必要はない。皆、好きでやっている。遠征時の野営の設営にレオンズロアの部下たちは慣れているからな。それに比べたらこの程度の準備など、なんでもない」

ルシアンさんがバーベキューコンロの中に薪を入れて、マッチで火をつけながら言った。

ルシアンさんは上半身を惜しげもなくさらけ出している。腰から下は、ハーフパンツのような水着を着ている。いつもかっちりしたレオンズロアの団服を着ているルシアンさんなので、なんだか不思議な感じだった。

上半身裸だ。上半身裸の男性が、傍にいる。

「あ、ありがとうございます、ルシアンさん……」

「どうした、リディア。何故視線を逸らす？　何か変だろうか」

「い、いえ、あの、なんでもないです……」

海辺の格好としてはとても正しいのだけれど。

ルシアンさん、団服の下は筋肉って感じかしらって思っていた。でも、想像以上に筋肉って感じだった。

どちらかといえば海を守ってくれている櫓の上にいるお兄さんやおじさまたちの方が筋肉！　と

いう感じなので、ルシアンさんのそれはしなやかで、そこまで筋肉隆々という印象でもない。多分戦うことに特化した筋肉なのだろう。

それでも逞しいことには変わりないのだけれど。

団服が黒いから、いつもは細身に見えるのかもしれない。男性の裸体を近くで見るのはこれがはじめてなので、どこを見ていいのか分からない。

「ルシアン……がっかりよ、あたしは。あんたは絶対、ブーメランパンツ水着だと思っていたのに」

「ブーメラン……？」

マーガレットさんが心底残念そうに言うので、私は首を傾げた。

「ブーメラン形の水着のことね。三角形で布の少ない水着よ。シエルはまぁ、仕方ないとして、騎士団長はブーメランでしょ？　あんた、あたしの期待を裏切るんじゃないわよ」

「それはどういうイメージなんだ、マーガレットさん。私も海で遊んだことなどないが、海での遠泳は騎士団の訓練の一つにあるのでな。これはレオンズロアに支給されている水着なのだが」

確かにルシアンさんの水着には、レオンズロアの十字のマークがある。レオンズロアの皆さんは特注の水着を持っているのね。知らなかった。

「なんですって!?　女の子とのデートに騎士団の水着を着てくるなんて、なんて色気がないのかしら。更にがっかりしたわよ」

両手をあげてやれやれと首を振るマーガレットさんは、「ブーメラン水着を着たルシアンの姿に衝撃を受けて、涙目になるリディアちゃんが見たかったのに」と溜息（ためいき）をついた。

「そんなに衝撃的な姿なのですね……ブーメラン水着」

「ええ。次回は期待を裏切らないで頂戴ね、ルシアン」

「……私に一体何を期待してるんだ」

ルシアンさんが額に手を当てて困った顔をする。

「ルシアンさん似合いそうだからね」

私たちの会話を傍で聞いていたシャノンが笑いながら言った。シャノンは砂浜の上ではしゃぐメルルと追いかけっこして、捕まえて戻ってきたみたいだ。

メルルのふわふわの毛に砂がたくさんついている。楽しそうでよかった。お家に帰ったら綺麗に洗ってあげよう。

シャノンもルシアンさんと似た水着を着ている。少し背が伸びた気がしたけれど、まだまだ細くて小さい体を見ると、ご飯を沢山食べさせてあげなきゃなと思う。

「リディア、海に入ろうよ。水着にならないの？」

「ええと、そ、そうですね、うん。海に来たんだから、海に入らないと……」

シャノンに尋ねられて、私はわたわたしながら立ち上がった。

私はまだワンピースを着たままだ。ワンピースの下に水着は着ているのだけれど、脱ぐタイミングを見失っていた。

突然服を脱ぎ出すのも変な感じだものね。シャノンが声をかけてくれてよかった。

「は、恥ずかしいので、あんまり見ないでくださいね……変かもしれないので、あの、すごく変かもしれないので」

水着姿を誰かに見せるのははじめてだ。

街のお洋服屋さんで試着をしたときはマーガレットさんに見てもらったけれど、マーガレットさんに見てもらうのとシエル様たちに見せるのとでは恥ずかしさが違う。

私は覚悟を決めて、上からストンと着るタイプの簡単な作りになっているワンピースをばさっと脱いだ。

マーガレットさんと一緒に選んだ水着は果物の柄のワンピースタイプのものだ。

だからワンピースを脱いだらワンピースを着ているという感じではある。あんまり変わらないと言えば変わらない。でも恥ずかしいわよね。ちょっと肌の露出が多めだし、スカート丈は膝上だもの。

人前でこんなに足や腕を晒すのははじめてだ。そもそも貴族とか身分のある女性は肌を晒すのははしたないとされているけれど、ドレスは結構露出が多いわよね。不思議だ。はしたないとされているし。

私は一人で照れながら無言で脱いだ服をたたんで、荷物置き場に置いた。

なんだか視線を感じる。すごく見られている気がする。

「リディア、すごく可愛いね！」

元気よくシャノンが言ってくれて、私はほっと胸を撫で下ろした。

「ありがとう、シャノン、シャノン」

私も無言だし皆も無言だったので、もしかしたらすごく変なのかしらって一瞬不安になってしまった。

「ええ。よく似合っています。すみません、こういう時なんて言えばいいのか、あまり慣れていなくて。とても可愛らしいと思います」

「シエル様、お世辞でも嬉しいです」

「本心から、そう思っていますよ」

「ええと、その……ありがとうございます。照れますね……」

シエル様が静かな声音で優しく言ってくれるので、私は照れ笑いを浮かべた。

お洋服を褒められるのは、嬉しい。果物柄の水着、すごく可愛いと思ったもの。

「リディア、とてもいいな。明るい色合いで、君の黒い髪と白い肌がよく映える」

にこやかにルシアンさんが褒めてくれる。どうしてか、体がなんとなくむず痒い感じがする。

「ルシアンの言葉は何故か全てセクハラに聞こえるのよね」

「何故だ!?」

マーガレットさんが呆れたように言って、ルシアンさんが慌てている。

「私は普通に褒めただけなんだが……」

「ルシアンさん、誰にでもそういうこと言ってそうですよね……」

「確かに」

「……そうですね。そういうイメージはあるかもしれません」

私が言うと、シャノンとシエル様が同意してくれる。

ルシアンさんは「納得がいかない」と、眉を寄せた。

いつものルシアンさんだ。元気そう。

ステファン様とフランソワの視察に連れ回されているという話をしていたときは、疲れていて元気がなさそうに思えたけれど、もう大丈夫なのかもしれない。

「リディア、遅れた。食材を運ばせていたら時間がかかってしまった」

私を呼ぶ声がする。私たちに向かって歩いてくるロクサス様の姿に気づいて、私はロクサス様に向かってここにいると教えるために大きく手を振った。

水着ではないけれどいつもよりも軽装のロクサス様が、砂に足を取られたらしく見事に転んだ。

一緒に歩いていた従者の方々が、すかさずロクサス様を起こして、外れた眼鏡を拾ってついた砂を綺麗にすると、何事もなかったかのようにささっとロクサス様にかけた。

「大丈夫ですか、ロクサス様！　今、転びました……」

「問題ない。よくある」

「よくあるのですね……」

よく転んでいるのね、ロクサス様。薄々そうじゃないかとは思っていたけれど。

というか、少し前までは転ぶ心配をされることを不本意そうにしていたけれど、何かが吹っ切れたのかしら。認めたわね。

「ロクサス様、痛くないですか？」

「砂浜は柔らかい。怪我はない。それよりも、リディア、そ、その、その格好は……」

「水着です。変ですか？」

「へ、変ではない、変ではないが、少々肌を出し過ぎなのではないか。シエル、ルシアン。何故注意しない」

ロクサス様は私たちの元まで辿り着くと、よく分からない理由でシエル様たちに怒った。

「注意ですか……」

「ロクサス様、リディアの水着は水着の中では露出が少ない方ですよ。可愛いですし、注意する必要はないかと」

シエル様は困ったように眉を寄せて、ルシアンさんが取りなすように言ってくれる。

「そ、そうか、そうなのか……確かに、まぁ、そうだな……」

ロクサス様は私から視線をそらしてぶつぶつ言っている。

「ロクサスさん、水着の女性をあんまり見たことがない、とか？　アルスバニアでは結構皆海に入るから、もっとすごい格好の女性もいっぱいいるよ」

シャノンがロクサス様を覗き込んで言った。

「他の女などはどうでもいい。どんな格好をしていようと気にならない」

「リディアは気になるってこと？」

「いや、それはだな……この話はもういい。俺ともあろうものが子供にからかわれるとは……」

ロクサス様は軽く首を振ると、気を取り直したように私に向き直った。

「俺は海で泳ぐことはしないが、食材を持ってくる約束だった。遅くなったな、悪い」

「いえ、大丈夫ですよ。私たちもさっき来たばかりです。今ルシアンさんがバーベキューコンロに火を入れてくれていて……」

ロクサス様も海水浴の話をしたらご一緒してくれると言っていたのだけれど、ロクサス様は貴族なので流石に海で水着を着て泳ぐことはしないらしい。

それはそうよね。ジラール公爵家の嫡男——実質公爵様ともあろう方が、海で泳いでいたら変な噂が立ってしまうわよね、きっと。

ロクサス様の従者の方々が、バーベキューコンロの前に折りたたみ式テーブルを準備して、その上に食材を綺麗にならべていってくれる。

まんまる羊のラムチョップに、大きなホタテ貝やサザエ。霜降りの牛肉の塊、大きなソーセージに、綺麗に切ってあるコーンに、玉ねぎ。食べきれないぐらいの高級食材がそれはもういっぱい。

　高級食材を並べ終えると、従者の方々は丁寧に礼をして帰って行った。何も言わないところが、仕事人という感じだ。

「すごい……どの食材も高いものばかりです……こんなに沢山……！」

「あまったら持って帰って食堂で使うといい。シエルがいるからな。保存のために凍らせてくれるだろう」

「はい。言ってくだされば、いつでも凍らせますよ」

「ありがとうございます、ロクサス様、シエル様。じゃあ食べきれなかったら、勿体（もったい）ないので持ち帰らせてもらいますね」

　でも、もしかしたら全部なくなるかもしれないわね。最近シャノンはびっくりするぐらいに沢山食べるから。

「調度いいタイミングですよ、ロクサス様。炭が安定して燃えはじめました」

　ルシアンさんが楽しそうに言った。ルシアンさんは野営が多いので、バーベキューをするのが結構得意らしい。

　野営の場合は炎魔石を使用するよりも、薪を集めて炎魔法で火をつけて、食材を焼くことの方が多いのだとか。

　森や林では野鹿や野猪（のじし）を捕まえることがあるので、皆でさばいて焼いて食べたりもするのだそうだ。

「じゃあ、さっそく焼いていきましょう。出張大衆食堂ロベリアバーベキューですね！　マーガレットさん、何が食べたいですか？」

「ホタテね」

「了解です！」

私がホタテをトングで摑もうとすると、ルシアンさんに片手で制された。

「リディア、炭が爆ぜたり、油が飛んだりしたら危ない。その格好では火傷をしてしまう。食材を焼くぐらいなら私にもできるから、ここは私に任せて、君はシャノンと海で遊んでくるといい」

「で、でも」

「大丈夫だから。焼けた頃に、戻っておいで。シエル、リディアたちに危険がないように一緒にいてくれるか？　ロクサス様はこちらで手伝いを。何故かロクサス様を海に近づけたら危険な気がするので」

ルシアンさんに言われて、シエル様が立ち上がる。

ロクサス様は腕を組むと、軽く頷いた。

「よく分かったな、ルシアン。海には近づくなと、兄上にも言われている。昔、湖に近づいたら……絶対に落ちないような安全な湖だった筈なのに、何故か落ちてな。溺れ死にかけた覚えがある。あのときは兄上に助けて貰った」

「そんな気はしていました」

「今日は海に行くと言ったら、絶対に泳がないようにと、それから波打ち際には近づかないようにと言われた」

「でしょうね」

ルシアンさんが深々と頷く。

ロクサス様が溺れるところは容易に想像できてしまうわね。ロクサス様が泳がないのは、貴族だからではなくて、溺れるからなのね。

「ロクサス様、レイル様は……」

「元気にしている。まだ海で遊ぶほど回復していないようだが、今日も庭の木にぶら下がって懸垂を五百回程していたな」

私が尋ねると、ロクサス様が教えてくれた。

レイル様、元気そうでよかった。いつかレイル様も皆と一緒に遊ぶことができたらいい。それにしても懸垂を五百回。すごいわね。

ロクサス様は運動が苦手だけれど、レイル様は運動が得意。双子なのに真逆で、でも仲よしなのが微笑ましい。

私もロクサス様とレイル様のように、フランソワと仲よくなれたらよかったのに。フランソワが「お姉様」と言って、私を慕ってくれたら。一緒に水着を買いに行ったり、海水浴をしたり——は、レスト神官家ではとてもできなかったとは思うけれど。でも、一緒にドレスを選んだりアクセサリーについて話したりは、できていたかもしれない。

そんなことは無理だって分かっている。でも少し、仲よしの兄弟が、羨ましい。

考えたって仕方ないことぐらい、分かっているけれど。

私はバーベキューをルシアンさんにお任せして、シャノンとシエル様と共に海に向かった。

海に入ろうとするのを嫌がって、メルルはシャノンの肩からシエル様の肩へと飛び移った。

「メルル、海に入ってみようよ。楽しいよ、きっと」

「ギギ……！」

メルルが聞いたことのない声をあげて、毛を逆立てて威嚇している。

海が怖いのだろう。お風呂は嫌がらないけれど、海は大きいものね。怖いわよね。

シャノンはメルルを海に入れることをすぐに諦めて、「リディア、海だよ。冷たいよ」と言って、私の手を引っ張った。

「リディアさん、気をつけて。泳いだことはないのでしょうから、あまり遠くに行かないように。もし溺れそうになったら、必ず助けます」

「大丈夫です、少しだけ、足を入れてきますね。私もあんまり深いのは、怖いですから」

シエル様が心配してくれるので、私は微笑んだ。

シエル様は一緒には入らないのね。水着は着ていないもの。肌を晒せないシエル様が、それでもこうして付き合ってくれているのが嬉しい。

「俺がいるから大丈夫だよ。シエルさん、心配しないで。でも、何かあったら大声で呼ぶね」

「ええ。僕もここから見ています。シャノン君も気をつけてくださいね。溺れたら僕を呼んでください」

「シエルさんはリーヴィスさんみたいに俺を子供扱いするよね。セイントワイスの魔導師さんって、皆真面目で優しいのかな」

シャノンは少し恥ずかしそうに言った。

子供扱いされることを、そんなに悪く思ってはいないみたいだ。

「すみません。仕事柄、幼い子供と関わることもあるものですから、癖ですね。子供扱いをしてしまっているときは、言ってくださいね」

「ううん、大丈夫。リディアの周りの人たちが俺にも優しくしてくれることを、ありがたいって思ってるよ。大人に反抗したり、拗ねるのはもうやめたんだ」

シャノンは明るく言って、それから私と一緒に海へと向かう。

「それじゃ、行こうか、リディア。浅瀬には、ナマコがいるよ」

「ナマコ……」

ナマコ。ベルナール王国ではあんまり食べないのよね。ツクヨミさんの国では結構食べるみたいだけれど。

「ナマコ拾い競争しようか」

「は、はい……」

「それで、シエルさんにプレゼントしよう。シエルさん、いつも落ち着いているから。ナマコを渡されたらすごく驚いた顔するかな。ちょっと見たいよね」

「そうですね、見たい気がしますね……」

悪戯（いたずら）っぽくシャノンが言うので、私はくすくす笑った。

ナマコを持ったシエル様、あんまり想像ができないわね。見たい。

私はサンダルを脱いで、波打ち際のぎりぎりまで近づいた。

ざばっと私の足下に押し寄せる白い泡をたてた波が、指先に触れる。

濡（ぬ）れた砂はひやりと冷たい。海の水はそれよりももっと冷たい。一度引いた波がもう一度私の足を、足首まで濡らした。

「ふふ……」

お風呂とは全く違うわね。冷たくて気持ちいい。海水の中につかる足が、水の中に少し歪（ゆが）んで見える。

シャノンに手を引かれて少しだけ深いところに行くと、確かに海中にナマコが転がっていた。

「大丈夫、リディア。怖くない？」

「冷たくて、気持ちいいです。シャノンは海に慣れていますね」

「俺の家、貧乏だったからさ。昔は腹が減ると、時々海に潜って、貝を捕ったり魚を捕ったりしたんだ」

「そうなんですね……」

「結構美味しいよ。ウニとか」

「ウニは美味しいですね」

シャノン、見た目は美少女みたいなのに頼もしいわよね。

海中に手を突っ込んで、あっさりナマコを捕まえて私に見せてくれる。

「俺、動物は全部好きなんだけど、ナマコもよく見ると可愛いよね」

「可愛い……可愛いでしょうか……うん、よく見ると可愛いかもしれません」

ナマコも、一応食材なのよね。

食材なのだから、姿形が苦手とか思ったらいけないわよね。

そう思って、私も海の底へと手を突っ込んだ。ぐにっとしたものが手に触れる。

ぐにっとして、手に吸い付くものが。

「え？」

妙に太くて手に吸い付くぐにっとしたものが、私の腕に絡みついた。

「ひぇえ……っ」

海の中に巨大な影がある。

ざぶんざぶんと水飛沫(みずしぶき)をあげながら海から現れたのは、危険な色合いをした巨大なタコだった。

私が摑んだのはナマコじゃなくてタコの足だったらしい。今年の夏はタコに縁があるわね……！

「ヒョウモン君……！」

「わーヒョウモン君だ！」

「ヒョウモン君〜！」

子供たちが浅瀬に現れたヒョウモン君に近づいてくる。ヒョウモン君は子供たちを太いタコ足の先端で撫でた。大人気だわ。驚いているのは私だけみたい。

「よぉ、嬢ちゃん。海水浴をするってマーガレットから聞いてな。ヒョウモン君と一緒に、差し入れに来てやったぞ」

砂浜に立っているシエル様の隣で、ツクヨミさんが手を振っている。

ぺたぺたヒョウモン君を触っていたシャノンの頭を、ヒョウモン君が撫でている。

「ヒョウモン君……遠目には見たことがあるけれど、触るのははじめてだよ。可愛いな……」

シャノンは動物が好きだから、ヒョウモン君も好きなのね。

私はシャノンを連れて、砂浜に戻った。ツクヨミさんがカゴにいっぱいのベルナールエビを持ってきてくれている。

てっきりタコかと思ったけれど、エビだった。

そしてシャノンにナマコを渡されたシエル様は、「これはナマコですね」といつものように落ち着いた様子で言っていた。特に驚いていなかったので、少し残念だった。

でも、ナマコを両手に持つシエル様の姿が珍しくて、シャノンと二人で思わず笑ってしまった。

皆の元に戻ると、お肉やホタテが美味しそうに焼けるいい匂いが漂っていた。

ルシアンさんがお皿にソーセージやお肉を乗せて、渡してくれる。

ツクヨミさんはマーガレットさんの隣にどかっと座って、「いいねぇ、夏、海、酒」と言いながら麦酒をぐびぐび飲み始めた。

「お肉美味しい……海で焼いたお肉、美味しいです、ルシアンさん」

「そうか、よかった。高そうないい肉だからな、塩とコショウだけの味付けだが、ただ焼いただけでも美味(うま)いだろう？」

「はい……！」

いつも自分で作ったご飯ばかり食べているけれど、誰かが作ってくれたご飯はなんだかすごく特別という感じがする。

皆、こんな気持ちで私のご飯を食べてくれているのかしら。

ただご飯を食べているだけじゃない何かがそこにはあって、その何かはもしかしたら、愛情とか、優しさとか、そういうものなのかもしれない。

降り注ぐ日差しも、海の音も匂いも、お肉やエビやホタテが焼けるいい匂いも、なんだかとても幸せ。

「リディアちゃん、スイカ割りもするんでしょ？　スイカ割り。割っちゃいましょ、リディアちゃん」

お肉やエビを食べ終わると、マーガレットさんが言った。

「はい！」

私は皆に応援されながら、スイカ割りをした。

目隠しをして棒でスイカを叩く。

見事にスイカはぱかっと割れて、割れた硬い皮の中から、赤く瑞々しい果肉が顔を出していた。

今日は楽しいお休みの日。明日からまた大衆食堂ロベリアでお料理をする毎日に戻る。

それからシエル様と一緒に、ミハエル療養所以外にも王国に沢山ある白月病の方々を診ている診療所や療養所に慰問を行って、お料理をする約束をしている。

私の力が誰かの助けになるのなら、私は頑張ろうと思う。

でもいつも頑張ってばかりじゃよくないから、遊ぶことも大切だってシエル様が言ってくれた。

遊ぶときや休むときは、しなきゃいけないことや役割を忘れた方がいいって。

だから今日は思い切り、息抜きをしよう。

夏の終わりまでは、まだ遠いのだから。

あとがき

こんにちは、東原ミヤコと申します。

この度は『大衆食堂悪役令嬢2～婚約破棄されたので食堂を開いたら癒やしの力が開花しました～』をお手にとってくださり、大変感謝いたします。

一巻から引き続きお読みになってくださっている方も、二巻からはじめましての方も、あとがきを一先ず読んで下さっている方も、本編を読み終わってあとがきを読んでくださっている方も、少しでも本作に触れていただけたことを、嬉しく思います！

婚約破棄後に食堂を開いたリディアは、一巻ではずっとぐずぐず泣いてばかりいましたし、料理名も不穏なものばかりでした。ですが、二巻では少しだけ前向きになって、笑顔も増えてきました。

新たな登場人物と出会うことで、狭かったリディアの世界が広がり、誰かにとっての大切な人を救いたい、人のために役に立ちたいという気持ちと同時に、自分に自信がないリディアの怯えや不安が表現できていたらいいなと、思います。

誰にも必要とされずに一人きりですごしてきた、自分には魔力がないと思い込んでいるリディアの両手に、突然人の命がのせられたら、それはとても怖いことだろうと私は考えています。

怖がりながらも前に進んでいくリディアと、それを支えてくれる周囲の人々の姿を魅力的に書きたいと思ってはいるのですが、なかなか難しいもので……。

まだまだいたらないところが多いかと思いますが、皆様に少しでも楽しんでいただけたら、本当に嬉しいです。

本作の執筆にあたり、支えてくださり、的確なアドバイスをくださった編集者様や、魅力的なキャラクターたちのイラストを描いてくださったのまろ先生に、この場をお借りしまして深く感謝申し上げます。

今回、季節設定が夏ということもあり、夏といえば海産物！　ベルナール王国の名物料理はタコ！　という感じでお料理を決めていきました。市場に並んだタコに非常に魅力を感じるのですね。異国感、といいますか。そんなわけですので、タコ料理に、ヒョウモン君に、大きなタコに、タコ尽くしで、タコをたくさん描いてくださったのまろ先生には、大変な思いをさせてしまったと申し訳なく思っております。

ですが、本編を読んでいただいた皆様はご承知のことと思いますが、魅力的なタコ料理やタコ本体を描いてくださって、流石（さすが）ののまろ先生！　という感じです。本当にありがとうございます！

それでは、最後になりますが、本作が皆様の心に、少しでも楽しさや温かさを届けることができたのであれば、これ以上の喜びはありません。

これからも頑張りますので、応援をしていただけるととても嬉しいです！

それでは、ありがとうございました！

大衆食堂悪役令嬢 2
～婚約破棄されたので食堂を開いたら癒やしの力が開花しました～

発行　2023年8月25日　初版第一刷発行

著者　東原ミヤコ

イラスト　ののまろ

発行者　永田勝治

発行所　株式会社オーバーラップ
〒141-0031
東京都品川区西五反田8-1-5

校正・DTP　株式会社鷗来堂

印刷・製本　大日本印刷株式会社

©2023 Miyako Tsukahara
Printed in Japan

ISBN　978-4-8240-0587-8 C0093

※本書の内容を無断で複製・複写・放送・データ配信などをすることは、固くお断り致します。

※乱丁本・落丁本はお取り替え致します。左記カスタマーサポートセンターまでご連絡ください。

※定価はカバーに表示してあります。

【オーバーラップ　カスタマーサポート】
電話　03-6219-0850
受付時間　10時～18時（土日祝日をのぞく）

作品のご感想、ファンレターをお待ちしています

あて先：〒141-0031　東京都品川区西五反田8-1-5 五反田光和ビル4階　ライトノベル編集部

「東原ミヤコ」先生係／「ののまろ」先生係

スマホ、PCからWEBアンケートにご協力ください

アンケートにご協力いただいた方には、下記スペシャルコンテンツをプレゼントします。
★本書イラストの「無料壁紙」　★毎月10名様に抽選で「図書カード（1000円分）」

公式HPもしくは左記の二次元バーコードまたはURLよりアクセスしてください。
▶ **https://over-lap.co.jp/824005878**
※スマートフォンとPCからのアクセスにのみ対応しております。
※サイトへのアクセスや登録時に発生する通信費等はご負担ください。

オーバーラップノベルスｆ公式HP ▶ **https://over-lap.co.jp/lnv/**